心の書棚

上

信濃毎日新聞コラム「今日の視角」から

小倉 和夫

心の書棚

信濃毎日新聞コラム「今日の視角」から　上

目次

第一章　人の姿、人の言　Ⅰ《古今東西、出会いの記》

第二章　人の姿、人の言　Ⅱ《時空をこえて残るもの》

第三章　人の姿、人の言　Ⅲ《政治の表と裏》

第四章　人の姿、人の言　Ⅳ《人の世の機微》

第五章　世界ところどころ

第六章　信濃つれづれ

第七章　折々の思い　I　《五感の諸相》

本書は、二〇〇四年（平成一六年）一〇月一八日から二〇二三年（令和五年）九月二五日までの間、毎週一回、著者が信濃毎日新聞夕刊一面のコラム『今日の視角』に寄稿した全八百五十八編の中から抜粋し、話題に応じてカテゴリーに振り分けたものです。

各編の末尾カッコ内にある数字は、紙面掲載の年・月・日です。

第一章　人の姿、人の言　Ⅰ

《古今東西、出会いの記》

名を残さぬ人々の育て方

「日本が生糸から製糸、そして織物と、自国の天然資源を活用して産業化していった過程を学びたい」――。在京南アフリカ大使のングバネ氏は、昼食会の席上、重々しい声でそう言った。そこには、いつまでも天然資源の輸出に依存し、真の工業化の芽が育ちにくいアフリカの国の苦悩がにじみ出ていた。

確かに、ダイヤモンドにしろココアにしろ、アフリカ産品の精製や仕上げはアフリカ以外のところで行われていることが多い。これをアフリカに引き戻すには、技術と人材がそこに育たねばならない。

「しかし」と大使は言った。「欧米で勉強したアフリカ人は、なかなか帰ってこない。欧米に住んだままの人が少なくない。帰ってきたからとて、自分の経験や知識を十分生かせるチャンスはないと思っているのだ。だが国造りには、ある程度の犠牲が必要だ。誰もが自らの才能を伸ばし、自らの名前を残すことに拘っていては国造りはできない」

「愛国心がある人もいるのではないか」と聞くと、大使は「学問をする人には、欧米の恵まれた環境のもとに残って学会の雑誌に論文を出し、名を上げることばかり考えている人が多い。そういう人たちに、アフリカに帰国して実務に就いてくれと言っても駄目なのだ」と呟く。

グローバリゼーションの進展につれて、優秀な人材は国を離れ、所を変えて国際的に活躍するようになる。しかしそれは、その個人には大きな機会を与えても、貧しい国の国造りにとっては致命的な頭脳流出につながる。

人材育成とは、技術や知識を修得した人を育てることではない。「名を残さなくともよい、国のため、民族のため、村のためになれば」—そう思って自分を燃焼できるような人をどうやって育てられるのだろうか。そのためには、アフリカ人自身が欧米崇拝から抜け出し、自らの言葉で自らの文化と歴史を語れるようにならなければなるまい。名を残さなくてもよい—それは本当の自分自身に帰ることである。

（2004・11・15）

平和と微笑

平和とは何だろうか。

第一に紛争や戦争がないこと、第二に貧困や飢餓がないこと—この二つが、通常平和の条件とされることが多い。ところが、九・一一の多発テロ事件以後、平和はテロリストに対する正義の戦いによって実現する、即ち、平和は正義が貫徹され勝利を得た状況である、との考え方が世界に広まっている。テロ行為の根底を成す原理主義的な思想や反アメリカニズムに挑戦して、正義の戦いに勝たないと平和とは言えない、「正義こそ平和」と主張する人々はそう考える。

他方、豊かな社会になっても格差や差別が存在すれば平和ではないとして、貧困に対する戦いに勝つことこそ、真の平和への道だと言う人もいる。さらには、平和の最も大切な要素は、貧しくとも人々が仲良く暮らし、温かい人間関係を営んでいることだという人たちもいる。

カンボジアの貧しい農村で埃まみれになり、着のみ着のままで走っている子供たちの目が、東京やパリやニューヨークの子供たちの目より美しく澄み、顔にはいつも微笑みが浮かんでいることに感銘を受けて、貧しさの克服よりももっと大切なことは人間関係の温かい価値を守ることであり、これこそ平和だと考える人たちもいる。

その話をすると、イン・キエット駐日カンボジア大使夫人は、柔和な顔を一瞬引き締めて言った。

「カンボジアの貧しい人たちは、心に大きな苦痛を抱いているから、笑顔を絶やさないのですよ。笑うことによってのみ、苦しさを耐えることができるという点を忘れないでください。顔をしかめたり泣くことのできる人はゆとりのある人たちだけですよ」

真の平和は、正義の女神の笑いや、貧しい人々の清らかな笑いの更に奥に隠れたものなのかもしれない。別れ際にイン・キエット夫人は、優雅に両手を合わせて合掌し、軽く頭を下げながら呟いた。

「苦しみに耐え抜いて幸せを得た時の笑顔はまた一味違いますね」

思わず夫人の目の中を覗き込むと、そこには苦しみも月並みの幸せをも超えたような静かな微笑みの光が見えた。

（２００４・11・29）

日系アメリカ人の決意

アイリーン・ヒラノ女史。透みきった瞳にどこか鋭く、また人の心を読もうとするような光を宿す眼、そして、人懐っこい微笑の陰にさらりと感じられる固い決意を秘めた面差し。

第二次大戦中の日系アメリカ人への迫害と強奪の歴史を記録した博物館の館長であるヒラノ女史と久しぶりに語り合う機会を持った。

考えてみると、日系アメリカ人は、四重、五重の苦悩を背負って生きてきた。人種偏見に充ちたアメリカ社会、排日移民法を中止することもしなかったアメリカ政府、戦争中、同じアメリカ人でありながら日系と云うだけで財産を没収し、強制収容所へ送りこんではばからなかったアメリカと云う国、その一方で、日系移民をとかく見下すそぶりを見せる日本社会と、いざとなれば棄民同様に日系人を見捨てて戦争に突入してしまう日本政府。

こうした四重、五重の苦悩を乗り越えて今日、日系アメリカ人は、弁護士、裁判官、医者、コンサルタント、学者、芸術家と数多くの分野で活躍し、アメリカの中で最も成功した「少数民族」（マイノリティー）と云われている。

しかし、その成功の故に、日系人は、新しい試練に立たされている。それは、自らの自己規定（アイデンティティー）の問題だ。日本人と白人との結婚が増え、日系人が成功すればするほど、日系人の日系人たるゆえんは不明確になりがちである。

他方、若い日系三世、四世の心の中では、むしろ日本とのつながりの意味を真剣に考える人々が増えていると云う。

「アメリカ社会の人種偏見は、国全体が危機的状況に出合うと、噴水のように湧き上がりかねません。九・一一テロ事件の後、米国においてアラブ系の人々への差別や偏見が高まってきたことを憂いてこれに警告するアピールを日系人が行ったのも、かつて日系アメリカ人が体験したような悲劇が再びアメリカに起こってはならないと思うからです」

そう云ったアイリーンの目は東も西も越えた遠い彼方をじっとみつめているかのようだった。

（２００５・４・４）

抽象画と自由

横浜で自分の描いた絵の展覧会を開いた、イランの女性画家ギャンディさんと、東京で昼食を共にした時の話である。

「現在のイランでは、画家、特に女性画家には絵のテーマや描き方についてもいろいろと社会的制約があるのではないか」と率直に尋ねると、ギャンディさんは「勿論外出する時にベールを被るといった意味での制約はあるが、絵そのものに関する限り不自由を感じることはない」と断言した。

「それに、そもそもイスラム教の偶像崇拝禁止の伝統もあって、絵に人物や人体を描くことは慣習上稀《まれ》である。イスラムがペルシャに入ったときから、ペルシャ文化のかなりの部分は変容した」と云う。

「例えば、イスラムの伝播《でんぱ》以前は、ペルシャでは銀細工が盛んであったが、イスラムの影響ですたれた。それと云うのも、銀器は王侯貴族の持ち物であり、清貧を重んじるイスラムの教えでは、無用の贅沢品とみなされたからである」と。

ギャンディさんは、こちらの質問を逆手にとって、制約があるとすれば、それは昔からのもので、今に始まったわけではない、ということを云いたかったらしい。現に彼女は、これに続いて、「芸術の表現方法に社会的制約があるとそうした制約を乗り越えるようなやり方が出てくるものだ」と云ってにっこり笑った。

なるほど考えてみると、ギャンディさんの絵は、すべて原色に近い赤をふんだんに使った抽象画である。そこには人物も偶像も風景もない。何が描かれ、何を訴えようとしているかは、絵を鑑賞する人一人一人の想像力にゆだねられている。そこには何の「制約」もない。モノやヒトや風景を描いていないからこそ、モノからもヒトからも、風景からも解放されている。云いかえれば、画家を絵の対象にしばりつけるものから画家は自由になっている。だからこそイランでは抽象画のファンが多いのだ。

こうした会話をしている時のギャンディさんの瞳は、王朝時代からテヘランを訪れる観光客の目を奪う、中央銀行の地下室の巨大なダイヤのようにキラリ、キラリと光っていた。

（２００６・１・30）

ハリウッド女優のつぶやき

米国人の日本研究者に紹介されて、彼女の長年の友人で今ハリウッドで女優をしているダイアナ・サリンジャーさんと話す機会があった。

素敵な邸宅が立ち並ぶビバリーヒルズを車で一巡した後だけに、背が高く鼻筋の通ったサリンジャーさんが、黒いシックな服装でホテルの食堂に現れたときは、やや威圧的に見えたが、話してみると気さくで自由闊達《かったつ》な性格の人だった。

彼女は米国中西部の出身だと云うので、映画の都ハリウッドを持つロサンゼルスをどう思うかと聞くと、その答えがふるっていた。

ここは町（タウン）ではない、空虚な空間である、人々は、一人一人自分自身の小さな世界に住み、他人の小さな世界との間を車で猛スピードで往来しているだけだ。その間の空間には何もない、全く人工的な町だ。ただ自然は素晴らしい、この自然だけが自分をここにひきつける、と云った。

そういえば村上龍も、ロサンゼルスに来て、同じように、この町は人工的な町だと書いている。確かにこの町は車と建物だけがあって、人間はその中をどこか淋しげに徘徊している。ニューヨークのような人間臭さもなければ、中西部の小さな都会のような「おちつき」もなく、さりとてシカゴのような威圧感もない。

そんな思いをめぐらしていると隣に座っていた在ロス総領事の野本氏が、ポツンと云った。

確かにこの町の人々は孤独で、一人ぼっちのようなムードを漂わせている、皆、おのおの何らかの小さなコミュニティーに属しており、その中では付き合いもふれ合いもあるのだけれど、一歩その小さなコミュニティーを出ると、この都会には空虚な空間しかないと。

ロサンゼルス―それはきっとそれ全体がハリウッド映画のセットのような、巨大な人間ドラマのセットにすぎず、そこを徘徊する人々は、皆一時のドラマの演出のためにいるだけで、ドラマが終わると皆見知らぬ場所に姿を隠してしまうのかもしれない。

私たちは皆多かれ少なかれ俳優なのよ―。サリンジャーさんの大きな目は、そう云いたげに見えた。

（2006・2・20）

落ちた実から生える木

東京は新宿の近く、新大久保駅の線路に落ちた人を救おうとして命を絶った、若き韓国の留学生李秀賢《イスヒョン》さん。李さんの勇気を讃える銅板の記念碑が駅の改札口を上った正面にある。三月八日の昼ごろ、朴槿恵《パククネ》ハンナラ党代表は、この記念碑に大きな花束をささげて、しばし黙禱した。

故朴正熙《パクチャンヒ》大統領に似たきりりとした横顔と、韓国民から敬愛された陸英修《ユクヨンス》夫人のやさしい面影を宿す朴槿恵氏。日韓友好のシンボルの一つとして李秀賢さんの碑を訪問した朴代表の心中には、不思議な運命のめぐり合わせで日本人の心に大きな感動を呼び起こした李秀賢さんの勇気に重ねて、朴大統領の勇気、すなわち韓国全土に広がる反対を押し切って日本との国交正常化をなしとげ、日韓友好の礎を築いた父君の勇気が当然深く刻まれていたはずである。

記念碑訪問の直後、李秀賢さんの両親も出席した昼食会で、ある在日韓国人が、「植物の実は地におちて腐るけれども、そこから種が生まれ、あるいは土地を肥やしてゆくことによって巨木が育つように、李さんの死は日韓友好の木を育てる種を地にうめてくれたものだ」との挨拶をすると、朴代表は、白いうなじを何度も何度も上下して、その通りだと呟いていた（因みに国際交流基金が、毎年李秀賢記念事業として招待している日本語を学ぶ韓国学生の受け入れ数は、四月から倍増されることになった）。

思えば朴槿恵さんの父君は、大統領官邸で暗殺され、母堂は白昼在日韓国人の撃った凶弾に倒れ、両親双方が政治的暗殺でこの世を去っている。その彼女が、自ら韓国の政治の社会に単身乗り込んで、荒波と闘っているのは何のためなのであろうか。両親の死をもって次の時代に生えるべき大木の種にしたいとの一心なのかもしれない。

昼食を終えて、厨房のコックさん一人一人と握手して労いの言葉を交わしている朴槿恵さんの柔和な笑顔には、気品と尊厳と優美さが漂っていた。

午餐会が行われた料理店は、新大久保の韓国人街の中心にあり、「大使館」という名の店だった。

（2006・3・20）

微笑みの陰の真実

東南アジアを襲った津波の大惨事の後、被害を受けた地域やそこの人々は、今や完全に立ち直ったのだろうか。

先だって訪日したフィリピンのロムロ外相との面談中に、日本とアジアの国々との間の協力の分野として災害の予防が議論された際、そのことが話題となった。

外相は、復興といってもなかなか容易ではない、水で流された土地、建物の所有権の確認も手間取っている、文書自体はあるが、そのままではぼろぼろになってしまうので先ず冷凍し、それから丁寧にほぐしてゆかねばならぬものもあって、土地の所有権の確認すら簡単ではない、と云って温厚な顔をくもらせた。

しかし、人々は悲観していない。東南アジアの人々は災害に遭って泣くどころかにこやかに笑っている人たちすらいる。災難を悲嘆せずに受け止める、受け止め方を知っている――そう傍らのシアゾン駐日大使が口を挟んだ。

そして大使は、笑い話に近いがと断りつつ、フィリピンの政治家が反対者によって射殺された時、殺された政治家の兄弟が、先に天国にいけて幸せな奴だと云ったというエピソードを披露してくれた。

確かに、東南アジアの人々は、笑いの中に災難の悲しみを紛らわす術《すべ》を心得ているらしい。逆に云えば笑いの中に実は人生のいろいろなヒダが込められているということなのだろう。

ところが昨今の日本の状態はどうだろうか。タレントたちの「ばか笑い」、権力者の（そして権力者への）「へつらい笑い」。そしてオタク世代の世をすねた「薄ら笑い」をはじめ、偽りの微笑みや笑いが多く、本当の微笑みと真実の笑いが少なくなっていないか。笑いや微笑みの奥深くに込められたものがなく、薄っぺらな「イメージづくり」とそれへの反動としての無表情が世を覆っていないだろうか。

美しく、謙虚で、しかも深い哀しみや苦しみを奥に秘めた微笑み—そんな微笑みを見ることは稀だ。

微笑みが深刻な人生の真実を隠しているからこそ、微笑みは美しく清らかに見えるということをもう一度思い返して、己自身に、静かに微笑みかけてみるべきではなかろうか。微笑み—。

（２００６・４・24）

醜い画面と美しい絵

日本に駐在しているタイ国の大使シマサクン氏の夫人ブーンティパーさん。夫人はかつて自分自身外交官として勤務したこともあって理知的な人だが、その一方女らしい優雅さを保っている女性だ。

ちょうど本年はタイの王さまの即位六〇周年であり、来年は日本とタイの間に国交が開かれてから一二〇周年だというので、こうしためでたい機会に何か文化的な催しをしてはどうかと、シマサクン大使夫妻と相談した。

すると、ブーンティパー夫人が面白いアイデアがあると云い出した。日本とタイおのおのから何人かの画家を選び、日本人はタイ、タイ人は日本を訪問し、おのおの現地の姿を絵にする、それも時間の関係から水彩画かパステル画にしておのおのの国で展示したらどうかと云う。

確かに面白い試みだ。こうした展覧会を開くと、お互いの国を理解する上でも役立つのみならず、美術家同士の交流にもつながるだろう。それに画家一人一人がどこに目をつけたかを比較すると画家の人柄や性格、ものの見方についての特徴も浮き彫りにされるだろう。

そこで思い出したのは、アジア漫画展だ。ここ七、八年、毎年違ったテーマでアジアの漫画家に漫画を描いてもらい、その国際展が日本各地で開催されてきた。

環境をテーマにした時の展示を見たが、東南アジアの漫画には便利な電化製品や車の洪水自体がある種の汚染であるかのような描き方をしている漫画が結構あり、自然や伝統的社会の破壊に対する素朴な感情があふれ出ていた。

けれども日・タイ修好一二〇周年のめでたい年には、おのおの国の醜い側面よりも、美しい面を描き出すような展覧会がふさわしいかもしれない。そんなことを云い合っていると、しゃれた警句をとばすことのうまいシマサクン大使は云った。

「美しいものは、醜いものと一緒に並べて初めてその美しさが光る」と。

そうなると、へそ曲がりの画家たちは、タイや日本の美しい面を描いてくれと云われると、むしろ醜い面を画面の九〇％を使って描き、あとは余白にしておくかもしれない。

（２００６・５・８）

古典舞踊と現代

カンボジアの古典舞踊の形式を守りながら、現代のテーマに挑戦した創作舞踊「ニアン・ニアク」（大蛇ナーガの娘という意味）を鑑賞する機会があった。

蛇の頭をつけた黄金の冠をかぶり、黄色の衣服に赤紫色の肩掛けをまとった女性の踊り子は、東南アジアの踊り特有の指使い（指をピンと立てて逆さに反らすやり方）を再三見せながら、片足を三角に曲げて立ったり、ゆっくりと肩をひねりながら手を左右に動かしたり、優雅な踊りを披露してくれた。

動作はまさに古典舞踊だがテーマは現代的だった。蛇が天上から地上に舞い降り、人間たちと生活すると、初めは異質に感じた人間の生活慣習に次第に慣れ、自分の長い尻尾が邪魔に感じられるようになり、尾を自ら切り落とそうとする。しかしその瞬間、尾が、実は自分の大事な一部分であることを悟って自省するという筋書きである。

ここには世界が一体化しつつある現代の流れの中でどうやって自分の国、自分の民族の個性や伝統を守ってゆくかという問題が提起されている。

どうしてこんな国際的な問題がカンボジアの古典舞踊のテーマになるのか。

その最大の理由は、現在最も国際的に活躍しているカンボジア出身の女性舞踊家ソピリン・チアム・シャピロさんが八歳の時体験した、トラウマ―悪夢―に似た事件と関係している。

ポル・ポトの恐怖政治の迫害に遭って、荷車を引きながら首都を脱出したソピリンさんは逃げる途上で父親を失い、二人の兄弟も失う。それでも踊りが好きで、何とか生き延びた彼女は、後年、ポル・ポト軍が地方に退却した際、政府に頼まれて舞踊の地方公演に行ったという。

そのとき、ひそかに公演を邪魔しようとジャングルから出てきたポル・ポト軍の兵士は、彼女の踊りの見事さに打たれてテロ行為をさしひかえたということがあとで人づてに分かって、ハッとしたという―踊りは恐ろしい殺戮の心すら和ませるのだ。

以来彼女は、現代の政治、社会問題を舞踊で表現することに専念している。

古典の奥に潜む文化の力は、現代の政治をも動かす―そう彼女は信じて今日も世界のどこかでカンボジアの古典舞踊を演じている。


（２００６・６・５）

欧米の偽善

「サッチャー元英国首相みたいね」。女子学生がささやく。

日本に駐在する各国の大使のうち女性大使は四人だけだが、その一人、ユナイドゥン・トルコ大使が、青山学院大学の講演会場に入ってきた時の声である。

ユナイドゥン大使は、手元の原稿にはあまり目をおとさず、金髪の豊かな頭を軽くふりながら、英語で講演した。トルコの近代史にふれながら、大使は、トルコとヨーロッパ、トルコと中東、そしてトルコと日本の関係を熱っぽく語った。

その中で、大使は、欧米諸国は、トルコに対して矛盾した態度（ダブルスタンダード）をとっている、これは一種の偽善であると云って、まさに柳眉《りゅうび》を逆立てるが如き勢いで叫んだ。

ソ連と米国、西ヨーロッパとソ連が、いわゆる東西対立で激しく対抗していた時、欧米諸国は、トルコを「わが身内」として丁重に待遇した（現にトルコは北大西洋条約機構＝ＮＡＴＯ＝の一員として欧米といつも同じテーブルに座っていた）。

ところが、東西対立が解消して、トルコがヨーロッパ連合に加盟したいと真剣に交渉を始めると、ヨーロッパ諸国は、トルコの民主化には問題がある、とか、トルコには人権問題があると云って騒ぎ、あたかもトルコは、欧米と同じテーブルにつく資格がないようなことを云い出している。

一体これはどうしたことか。これは一種の偽善に近いというのである。

考えてみると、英国も米国も、日本の韓国併合を容認した。第一次大戦直後、日本が国際連盟に入る時、一時日本は民主主義国家か否かがチラと話題になったが、結局ウヤムヤのままになった。

ところが第二次大戦後、こうした歴史的事実に対して欧米諸国は口をつぐんで黙っている。中国の民主化についても、政府間で表立ってとりあげることは稀である。欧米の偽善―それはトルコに対してだけでなく、歴史をひもとくと至るところにある。

そう云えば英語の「偽善」（ヒポクラシー）という言葉は、元来ギリシャ語のヒュポクリテース（「舞台で演ずる」という言葉）から出たものという。

欧米諸国は、国際政治の舞台での演技が巧いということなのだろうか。

（2006・7・31）

戦う日本研究者

韓国の有名大学ソウル大には、長らく日本研究学科がなかった。韓国の植民地化を断行した日本を研究する必要などない—そんな依怙《えこ》地《じ》な考えの教授がいて一向にソウル大の日本研究は進まなかったという。

大学での学科の新設は、教授会の了承が必要だが、大体どこの大学でも、教授会などという代物は、針小棒大のつまらぬ議論を展開する人がいる所で、物事がすんなり決まることはめずらしい。一言何か云うことを商売としているのが大学教授だからどうしても議論百出になるようだ。

特に韓国では、日本について研究する人、とりわけそれを一生の仕事とする人に対して、長い間社会の眼は冷たかった。今日ですら、日韓関係に荒波が立つと、肩身の狭い思いをする日本研究者や日本語教育者もいるほどだ。

そうした社会的風潮にもめげず、ソウル大に日本資料センターを設立し、日本研究の基礎を築いたのが金容徳教授だ。

金容徳氏の長年の功績を顕彰しようという動きが日本でおこると、韓国で反発がおきた。日本からの支援で日本研究に従事し、今また日本から顕彰されようとしている学者は、日本の過去についての歴史認識の問題などで、客観的に日本を批判できないのではないか—そうしたところに反発の因があったようだ。

ここには、外国についての学問的研究を行う人に、当の外国の政府なり非営利団体が援助を行い、研究者がこれを受け入れると、もうその国を批判できないという無言の圧力が生じるのではないか—そういった問題が潜んでいる。

しかし、学問的研究の目的の一つは偏見の除去であり、正しい事実認識と考え方の確立であるとすれば、援助を受けているから正しい見方を云うことを控えるのは、学問的良心をふみにじることになるだけで、真理を探究する真面目な学徒がやるはずもないことだ。真理の探究には、いろいろな偏見と誤謬《ごびゅう》に対して戦う勇気が必要なのだ。

因みに金容徳氏の親族には、日本統治時代、日本の官憲に拷問をうけた独立運動の志士もいたという。

（2006・10・23）

心遠の境地

江戸期の画家、伊藤若冲《じゃくちゅう》。現代美術にも通じる奇抜なデザイン感覚と華やかな色彩に加えて、当時としては特異な題材を自由奔放に用いた人物だ。とりわけ草木や動物を描いた絵に見られるデフォルメや誇張は、鋭い迫真性を発揮している。例えば若冲の描いた虎などは、鑑賞する者に今にも襲いかかるように見える。

この若冲の絵にたまたまニューヨークで出会ったアメリカの実業家ジョー・プライス氏。プライス氏は、氏の通訳として働き、後に連れ合いとなった悦子夫人とともに若冲の作品を中心に江戸期の絵画を集めて六百点を超すコレクションをつくり上げた。

独自の画風を持つ画家の作品を買い集めて散逸を防ぎ、保存、修復に力を注いで一般に公開する、それによって美術界に新しい刺激を与え、またその画家の地位を高める—こうしたコレクターの役割を見事に演じた。美術品コレクターの社会的役割は、二一世紀の今日になっても依然生きつづけている証拠の一つだ。

建設業に従事してきたプライス氏は、父親の存命中、フランク・ロイド・ライトの建築に接し、自然の力強さを表現しようとしたライトの構想に心うたれたという。自然と人間とのかかわり合いに関心を持ち続けたプライス氏は、自分の財団を「心遠館」と名づけた。若冲が自らのアトリエにつけた名前だそうだ。心遠―この言葉は、陶淵明の有名な詩、「菊を採る東籬《とうり》の下　悠然として南山を見る」云々というくだりの直前の言葉、心遠地自偏から来ている。

心遠地自偏とは、心遠ければ地自ら偏る、すなわち、心が俗世間とはなれて悠然としていれば、住む場所も自然と辺鄙《へんぴ》なところになる、という意味で、悠々自適の境地に入り、自然と一体となった生活を送る心を示したものだという。

昨今、退職して家でぶらぶらしている男性に対してぬれ落ち葉などと陰口をたたく向きもあるようだが、ぶらぶらしていることは悪いことではない。徒《いたずら》に何かしなくてはとあせらずに、「心遠の境地」を探求してはどうか。かさかさに乾いた落ち葉より、ぬれ落ち葉の方がまだしも潤いがありそうに響くのだが…。

（２００６・10・30）

女の力

世界の貧しい国々では、五歳以下の子供のうち平均四人に一人の子供が栄養失調であるという。子供が十分食べられないようでは、教育も覚束ない。

ではどうしたらよいか。家庭の中で女性（母親）が、財布の紐の締め方と開け方（すなわち家計）についてもっと権力を持つことである―そうした主張が、昨今強くなされている。何故か。

貧しい社会の家庭の収入が増えた場合、男が財布を握っていると、飲酒や仲間の付き合いといった「くだらぬこと」に支出しがちだという。ところが、母親は、子供の食事の量や質を改善し、子供の健康を維持するために収入増を図るという。

ユニセフ（国連児童基金）が最近発表した報告によると、家の経済の収支、とくに支出についての権限を母親が持てば持つほど、（貧しい国においては）子供の健康が改善されることから、母親にもっと発言権を与えることにより、インド亜大陸全体で三歳以下の子供の栄養失調者数を千三百万人も減らすことができるという。

先日、夕食会で隣席に座っていたムハマド・ユヌス氏（村落に住む貧しい人々への小口融資を通じて農村開発、人権の発展に貢献したとしてノーベル平和賞を受けたバングラデシュの活動家）の夫人も、「夫の団体は、できたころは男性にも融資していましたが、今は原則として男性には融資しません」と言った。何故かと尋ねると、「村の貧しい家庭の男性は、金を借りると自分のために使いたがる。ところが、女性、特に子持ちの女性は、借りたお金を子供のために使い、しかも、また借りることができるよう必ず返済してくれる。女性は信用できるが、男は信用できない」と言うのだ。

「しかし、貴女の夫は男ではないか、信用できるのか」と聞くと、「彼は特別だ」と言ってニッコリ笑ってはぐらかされてしまった。ユヌス氏の活躍の裏には、実は夫人の良き忠告があったのではないか。ノーベル賞も女性の力次第ということかもしれない。


（2007・2・26）

英雄の夢

甘く、それでいて激しく、どこか哀切感さえ漂う。そんな感じがいつも聞く度に湧き上がる曲の一つが、ショパンの名曲『英雄』だ。

そのショパンのいわば故郷と言えるポーランド。そのポーランドの現代の英雄の一人、ワレサ元大統領と、鉄板焼きをつつきながら（つつきながらと言うのは、ワレサ氏が、どうしても箸を使えないので、と言って、フォークで肉をつついていたからだが）、現代社会で何が一番心配かを語り合った。

ワレサ氏は、祖国について、そして今や祖国が政治的にも経済的にもその一員となったヨーロッパの将来について、いたく心配している、と言った。

一介の造船工から、労働運動を率いてポーランドに自由と民主の風を起こし、大統領にまでなったワレサ氏は、今でも自由と民主のための政治運動に情熱を傾けているだろうと想像して、「心配とは、格差の拡大とか差別の存在ですか」と聞くと、人懐っこい顔を急に引き締めて、「いやいや、価値観とモラルの問題だ」と言う。

ソ連のくびきと共産党政権の抑圧の下では、自由と民主の戦いは大きな意味があった、しかし今やその先のものこそ大切だ、それは、人々の心を支え、社会を支える、価値観とモラルだ―白髪頭を振りながらの弁舌が始まる。

じっと聞いているうちに、ハッとした。ワレサ氏は、熱心なカトリック教徒だ、「連帯」の政治運動の最中にローマ法王の支持を得たのもワレサ氏だ、そしてまた、厳しい労働運動を体験した氏は、人一倍、労働者が長年主張してきた社会正義や平等といった心情を、今なお大切に思っているのではあるまいか。自由競争と民主政治の中の矛盾を解くための理念を再構築したいのではあるまいか。

かつての夢を実現した英雄ワレサ氏は、今やもう一つの夢に向かって走ろうとしているのではないか。その姿には、ロマンと、激しさ、そしてかすかな哀切感が漂っていた。

ワレサ氏が、これを、と言っておみやげにくれたものは、ショパンのディスクだった。

（2007・3・19）

放浪と漂流

放浪の画家と言うと山下清、放浪の作家となると林芙美子が思い出される。

放浪は一見あてどのない、さまよう旅のように聞こえるが実は、一つのスタイルであり、生活様式でもある。だからこそ、放浪癖という言葉があるのだろう。現に林芙美子の小説は、自分自身の放浪の記録のように見せかけながら、放浪の人物を作り上げて、虚構を真実のように描いているふしもある。この間、シンガポールの作家で専ら中国文で作品を書いている丁雲氏に会って話を聞くと、なんと、自分は漂流の作家だと言う。

漂流というからには、どこかにつながれていたものが、そこから離れ、しかもあてどなく漂っている、ということになる。何から離れ、どこを漂っているのか、と聞くと、民族的には中国人ではあるが、シンガポールに居住し、しかも資本主義なのか社会主義なのか分からないような経済となってしまった大陸中国にはどうもすっきりとはなじめない、そこで漂流しているのだと言う。

それでも中国人であることに変わりはないのかと聞くと、中国語を母国語とし、道教や儒教を信奉しているから自分は中国人だと言う。日本では、活字離れはもちろん、漫画すら見ずに、パソコン上のゲームに熱中している若者が増えていると言うと、信じ難いことだと首をかしげていた。

丁雲という筆名の由来を聞くと、「丁」は甲乙丙丁の最低なので、社会の低いところに目線を合わせて観察するという精神を表し、言ってみれば、謙虚さを象徴したものであり、「雲」はまさに雲のように漂流することを意味しているとの答えだった。

貧しい境遇に育った丁雲氏は、その境遇をむしろ大切にして、いつまでも「謙虚」でいたいと願い、またその謙虚さの故にこそ、雲のように自由に漂流したいのだろう。そう考えると、「放浪」にはどこかに一つの隠れた矜持があるのに対して、「漂流」にはどこかあきらめの境地が漂っているように思えた。丁雲氏の文学講演は「シンガポール華人の喪失と漂流」という題だった。

（２００７・８・13）

夢なき国の夢

「人口の老齢化、社会の少子化、環境汚染とエネルギー問題などドイツと日本に共通する問題について討論したい」

ドイツのメルケル首相はそう言って日本訪問の際、二十人ほどの日本人との間で対話集会を行った。

地球温暖化の原因とされる排出ガスの規制に対して、日本の企業の反対はないのか、少子化の原因の一つである育児施設の不足について、日本の女性はどう思っているのか、日本の女性の社会進出、とりわけ企業の幹部への女性登用の比率が低いのはなぜか――。

いかにも女性政治家らしい質問があいついだ。

議論が進むうちに、メルケル首相は言った。「結局、ドイツや日本のような先進国も、いまや自らの社会を、これから発展してくる国のモデルとして提示できているのか、という巨大な問題が横たわっているのではないか」と。

われわれ豊かな国の抱えている問題は、実はわれわれだけの「今日」の問題ではない、今は貧しくともやがて発展して今のドイツや日本のように豊かになろうとしている国々にとっての、「明日」の問題なのではないか。

このことは次のように言いかえることもできる。すなわち、経済的に豊かになろうといきごんでいる開発途上国にとって、今日豊かな先進国社会は、本当にモデルとなり得るのか。経済的に発展した後、今日の先進国の抱えるような問題にぶつかる社会になるのはごめんだ、と貧しい国の人々は言い出すのではないか、と。

翌日、学者出身の駐日チュニジア大使と同じ事を話し合った。

「その通りです。アラブやイスラム諸国の反米や反世俗主義の背後にある一つの要素は、現代の欧米社会の姿を見て、ああいう国にはなりたくないという気持ちを持つ人が多いからです」と大使はつぶやいた。

かつてアメリカは、ハリウッドの映画に象徴される夢の国だった。今は、一体どこの国が、明日の人類社会のモデルであり、夢の国なのだろうか。それとも、今やどこの国も夢を持つことを許されなくなったのだろうか。それとも「夢なき国の夢」もあるのだろうか。

（２００７・10・15）

海の向こうの世界

海の向こう――そう聞いてもわれわれはそこにさしたる違和感や恐怖感を抱かない。日本列島は海に囲まれており、海の向こうとは、日本以外の外国を意味するだけである。

それればかりではない。信濃川の水も、ついにはロンドンのテムズ川やパリのセーヌ川の水とつながっているとして、海は国と国、人と人とをつなぐ友好のかけ橋として表現されることすらある。

しかし、海を持たない国、周囲をすべて陸地で囲まれた国に育った人々の心理は違うようだ。

例えばモンゴルがそれである。

　四方を山と高原で囲まれ、異国にとり囲まれて海に出るのに何千キロも旅せねばならぬ国に住む人々は、海にあこがれるとともに海をおそれる。

「海はこわい。海の向こうは別の世界だ」

　モンゴルの現代作家ガンバト・リンチン氏は、一緒に鉄板焼きの肉をつついている時そうつぶやいた。

　ガンバトさん（彼は自分を姓のリンチンで呼ばず、ガンバトと呼ぶことに固執した）は、その数日前鎌倉海岸に近い常立寺を訪ねた。そこには、一二七五年、日本に渡来し、竜ノ口で刑死した杜世忠以下五人の元使一行のお墓がある。杜世忠は、切られる直前、辞世の詩を詠んだ。それは、故郷を出る時、いずれ功をあげて帰国するから待っていてくれと言いのこしてきた家族を思う詩だった。

　七百年以上も前の元使の墓を見て、ガンバト氏は非常に心をうたれるものがあったという。海をこえて日本にまではるばるやってきた元使の心中をあれこれと想像したらしい。

　そのガンバト氏をして日本に興味を抱かせたきっかけは、生まれ故郷のモンゴルにある日本人墓地だったそうだ。

　第二次大戦の悲劇の中でモンゴルの丘に眠ることとなった日本人に思いをはせたガンバト氏

は、一九九一年、「生きてゆかなければ」と題する日本人抑留者の物語を書いて評判になった。

　今彼は、日本で死んでいったモンゴルの使者を題材にした物語を書こうと思っているらしい。その物語には、きっと青い海が、日本とモンゴルをへだてる障害の象徴として登場するのではあるまいか。


（２００７・11・19）

においのない世界

　スーパーやコンビニは、不思議な空間だ。そこは、どこか、人工的でクールだ。それに、においがない。かつては、八百屋は八百屋、魚屋は魚屋、肉屋は肉屋、それぞれのにおいと雰囲気があったものだ。

　電車や列車も、スピードが増したり、冷暖房が完備されただけ、どこか、人工的になり、人間味というか、広い意味でのにおいがなくなりつつあるように思える。飛行機の中などは、人工的空間の典型で、においは極力抑えられている。

　禁煙の場所もふえ、たばこのにおいも少なくなり、酒も冷酒がはやりだして、お燗をした時の、あの何とも言えぬ人懐かしいにおいは少なくなっている。

女性のお化粧も、クールで、すーっとした感じのものが増え、かつて女性がいれば必ず漂っていた「脂粉のにおい」もいささか薄くなり、脂粉という表現すらやや時代遅れになってきた。世の中がすっきりして、便利になっただけ、われわれの周囲は味気なく、またにおいのない、人間味の乏しい世界になってきたのだろうか。しかし日本を離れて世界を旅行してみると、いまだ、においの強い国もあり、そうした所ではどこか人間が活発にうごめいている感じがし、「人間くささ」があふれている。

においという題の小説を書いたインドの女性作家で、現在、駐日ルクセンブルク大使夫人でもあるジャーさんとそんな話をしていると、彼女は、にっこり笑って、「だからこそ、私の小説の題はにおいとしたのですよ」とでもいいたげに大きくうなずいていた。そしてしばらく後にジャーさんが口にしたのは、次のせりふだった。

「現実の世界で、においが次第に失われているので、せめて想像の世界を、においでいっぱいにしたかったのですよ。もっとも、インドはまだまだにおいが満ちていますけれども…」

ジャーさんが、日本滞在を通じてどんな「日本のにおい」を発見してくれるのか、そしてそれをどんな小説に仕上げるのか興味津々だ。

（2008・3・10）

金縛りの女

ベトナムの首都ハノイのホテル。ベトナム文学の研究者森絵里咲《えりさ》さんの紹介で、ほがらかそうな女性に会った。ふっくらとパーマした髪に比較的地味な服装、それでもエネルギーがあふれ出ている女性だ。

この人こそベトナムのベストセラーの一つになった「金縛り」の作者、ド・ホァン・ジュ氏だった。

「金縛り」は新婚の女性が深夜金縛りにあって夫の祖先の亡霊に強姦される物語だ。

一体この女性は何によって「金縛り」になっているのか。夫の「家」のしきたり、その背後にある社会の束縛、さらにはもっと奥にある儒教文明の影に金縛りになっているのか。それともベトナム民族の誇りとか、共産主義思想といった、過去五十年以上、ベトナム民族の合言葉となってきたものに金縛りになっているのだろうか。

小説「金縛り」が爆発的売れゆきを示した、ちょうど同じころ、「ダン・トゥイチャムの日記」がベストセラーになった。一九七〇年、抗米戦争（いわゆるベトナム戦争）の最中、二七歳で戦死した女性軍医の日記である。純粋に「祖国愛」のために身を捧げて死んだ女性の日記にベトナム中があらためて感泣したという。

しかし、それから四十年近くたった今、二〇代末の作者によって書かれた小説が「金縛り」である。「祖国愛」への金縛りから自由になりたいという女性があらわれても不思議のない昨今のベトナムである。

考えてみると、現代の日本の若い女性は何かに「金縛り」になっているだろうか。全く自由で、何にも束縛されていないのだろうか、それともお金とか「ケータイ」に縛られているのだろうか。

（２００８・３・31）

百三十年のしがらみ

北アフリカの国アルジェリア。昔流行した歌「カスバの女」に「ここは地の果てアルジェリア」という言葉があった。同じカスバの酒場を舞台にした、ジャン・ギャバン主演の映画ペペルモコを思い出す人もいるかもしれぬ。それにしても、アルジェリアは、多くの日本人にとって、遠い存在だ。

ところが、今、駐日アルジェリア大使のケトランジ氏は、この遠いアルジェリアと日本が、実は近い存在だという書物を書いているという。

それというのも、百三十年もの間、フランスの苛酷な植民地支配を受けていたアルジェリアが独立運動を始めたとき、それを支持する日本人グループができ、その人たちの支援は、知る人ぞ知る逸話にはなっているが、あまり世間に知られておらず、大使は、その歴史を世に問いたいらしい。日本とアルジェリアは、目に見えない、しかし、貴重な糸で結ばれていたということになる。

ところが、この本は、アルジェリアの本来の言葉であるアラビア語ではなく、フランス語で執筆されているという。

それというのも、大使自身、フランスの植民地時代にフランス語で教育を受け、学校ではアラビア語を話すことは禁じられていたらしく、正式なアラビア語は大使が後に湾岸諸国に住むようになってから習い覚えたものだという。

今日でも、アフリカの多くの国では自分の家庭や村で話している言葉と、学校教育で使われている言葉が違う場所が多い。従って、多くの人々はいやでも二つの言葉を覚えねばならない。

このことは、実は、いろいろ複雑な意味をもつ。例えば、そういう場所で日本語を普及しようとするとき、どの言葉との対比で教えるのかという問題が出て来るからだ。百三十年のしがらみからの解放は、日本にとっても他人事ではないのだ。

（２００８・12・８）

「書き続ける」詩人

新型インフルエンザに悩むメキシコの首都、メキシコ市に住む詩人ファン・ヘルマン氏と話す機会があった。ヘルマン氏はウクライナ人の両親を持つアルゼンチン生まれの人だ。アルゼンチンが軍事政権下にあった時代に、政府と対立して亡命を余儀なくされたと言われる。

そのせいもあってか、氏はスペインのマドリードから、ローマ、パリ、ニューヨーク、メキシコ市とめまぐるしく住居をかえた。それればかりではない。氏は詩作にあたって、シドニー・ウェスト、ジョン・ウェンデル、ヤマノクチ・アンドウ、フリオ・グリコなど次々と違った名前ないし偽名を用いてきた。言ってみれば他人の仮面をかぶって詩を作り、発表してきた。

（自分が）望んだのは真実が街を歩むこと
　そして真実に仮面を被せ
　　人の心に捧げた

そんな詩を書く人だ。

スペイン最高の文学賞とも言われるセルバンテス賞はじめ数々の賞を受賞した後、八五歳の高齢にも拘らずヘルマン氏は、今なお詩を書き続けている。

「楽園を追われても苦にはならなかった」と叫んだヘルマン氏は、同時に、「自分の外に追放された」とも書いている。祖国から政治的に追い立てられて転々と世界中をかけめぐったヘルマン氏だからこそ、現代人の「疎外」を詩の世界の内部にとり戻して、現代人の詩心を動かすことができたのだろうか。

痛みが国の形になれば
わが祖国に見える

そう言うと同時にヘルマン氏は、「自信」という題の詩の中で、「こんな言葉で革命は起こせない」と叫び、最後に「机に向かって書いている」と結んでいる。詩を書き続けること自体の中にヘルマン氏は明日への変革を感じているのだろう。

（２００９・５・18）

景観の保存

インドネシアの古都ジョクジャカルタ。有名な仏教遺跡のボロブドゥールも近くにある由緒ある町だ。

この町に生まれ育ち、アメリカ、フランス、日本と、各地で勉強したり実地研修をしたりして、今やインドネシア有数の遺跡保存活動家となっているのが、アディシャクティさん。

彼女は「サウジャナ」運動（景観保存運動）を続けているという。サウジャナとはもともとどういう意味なのかと聞くと、にっこり笑って「目の届く限り」という意味です、という答えが返ってきた。この「目の届く限り」という概念は、確かに「景観」と結びついている。

昨今日本のあちらこちらで、町おこしや村おこし運動の一環として文化遺産の保存、修復、活用が図られている。しかし、そうした運動が成功すればするほど、村や町は観光地化し、おみやげ店と民宿と観光客と車が町や村の「景観」に入りこんで来る。文化遺産や遺跡そのものは保護されても、「景観」はどんどん変わってゆく。

商業活動や観光の発達自体は悪いことではない。しかし、それに伴って住民の意識はどうなってゆくのか。文化遺産や遺跡と住民との心理的距離、そして住民の日々の生活の中に占める「文化」の意味がいつの間にか変わってしまっていないか。知らず知らずのうちに伝統的文化や遺跡と住民との距離は、遠くなっていないだろうか。

景観の保存とは、町並み保存や、町の景色全体の保存だけを意味するものではなかろう。人々の心の景観の保存こそ、一番大切なのではなかろうか。

サウジャナ運動の本当の意味は、そこにあるのだろう。

（２００９・６・８）

「子供化」社会の危機

マンガ、コスプレ、オタク、ケータイ、ファストフード、ジーパン、ピアス、茶髪、いれずみ――。「若者」文化はいたるところで勢いを増している。そして、社会の「老齢化」や「少子化」の「危機」が叫ばれる一方（あるいはそれ故に）、明日を背負う若者の文化を理解し、若者の交流こそ相互理解の鍵だ、との声が高い。

若者は大切だ。若者文化には明日の世界への叫びがこめられているからだ。しかし、若者文化に迎合することだけが時代を真に先取りすることではあるまい。

そのことをいみじくも考えさせてくれた人はポーランドの在日（女性）大使のロドヴィッチさんだ。スラリとした体と黒髪、どこか凛とした感じの知性的な大使は、ワルシャワで日本語を学んでいる時、ふとしたことから世阿弥の風姿花伝を英語訳で読み、いたく感動してから日本研究に従事するようになったという。

四度目の日本滞在で大使のポストについたロドヴィッチさんは、日本の現状について軽いため息とともに次のように嘆いた。

「大人がどんどん子供のようになっていますね」と。

たしかに今日の「若者」文化は青少年だけの文化であるとは言えぬ。大の男たちが少年少女と同じマンガにふけり、ゲームに熱中し、いわば「子供化」している。

百年間以上も亡国の運命にあい、近年でもソ連の圧政に苦しみ、モスクワの大学の日本学科を出なければポーランド外務省の日本課には勤務できなかったというソ連一辺倒の時代に、ワルシャワにとどまって日本研究に従事する道を歩んだポーランドの女性大使の嘆きは、「子供化」し、「草食動物化」した日本の男たちにどう響くだろうか。


（2009・6・15）

音楽と政治

ダニエル・バレンボイム氏といえば、ピアニストとして、そしてまたクラシック音楽の指揮者として著名だが、近年、音楽愛好者をこえて多くの人々がバレンボイム氏の活動に注目している。それは、音楽活動によって、少しでもイスラエルとパレスチナとの間の理解と和解をすすめ、中東和平への環境づくりに寄与したいというバレンボイム氏の熱意が多くの人々に感動を与えているからだ。

アルゼンチン在住のユダヤ系家族に生をうけたバレンボイム氏は、幼年時代にイスラエルに移住したが、その後パレスチナの「国籍」（名誉市民権）すら取得しているという。

バレンボイム氏は、政治的迫害を主題としたオペラ「フィデリオ」の歌詞の一部を現代の中東の政治状況を連想させるように若干変更する試みすら敢行したと聞く。

また、かつてはドイツのナチ党が称賛し、日本でも三島由紀夫が好んだことでも知られ、とかく、右翼的思想と結びつけられやすいワーグナーの曲をイスラエルで演奏しようという構想もねっているらしい。

これらすべての企ての背後には、音楽は国境をこえ、民族をこえて理解しあえるものであり、そこに、人間社会に共通のものを感じとれるはずだ、との考え方がある。

さらにいえば、自分が今まで嫌いであったものについても、（好きにはなれないものの）せめて、理解しようとする、「許容の心」をはぐくむことにつながるのではないかという、希望ないし、祈念があるのだろう。

こうした考え方を非現実的、夢想的と冷笑する人もあるようだが、国際政治の現実に対して、あえて「音楽的」挑戦をしかけてきたバレンボイム氏の心の音色に耳を傾けることも大切ではあるまいか。

（2009・9・14）

悪と黒い波

医者から詩人へ、そして外交官へ。一見信じられないような経歴の持ち主が、日本に駐在する大使の中にいる。かつてのユーゴスラビアの一部、アドリア海に面したクロアチア国の大使、シュタンブク氏だ。

母国で医学を学び、肝臓病の専門家となってロンドンに長年留学。その間クロアチアが独立し、職業外交官の少ないクロアチアは、急きょ外国に在住するクロアチア人を外交「代表」に任命。シュタンブク氏も、本人にいわせるとしぶしぶ在英「代表」の役をひきうけたという。

もっとも氏は、大学在学中から詩作を始め、医者と詩人という二足のわらじをはいた経歴の持ち主なので、医術の世界の代わりに外交畑に入っても、そう抵抗はなかったのかもしれない。

詩人としてのシュタンブク氏は、さすがに医者出身だけに、その詩作には人間の肉体やその部位、さらには血や死に関する表現がしばしば登場する。

夜啼《な》く鳥よ、（中略）
飛びもしない、唄いもしない
ただ血の滴りに耳を澄ませるだけ

という彼の詩も、最後の行になると文字通り、ぽたりぽたりとおちる血の滴りの音がきこえるようだ。

シュタンブク氏が詩作の上で好む色は黒だ。どうして黒が好きかとたずねると、黒は、何か悪いものの象徴だからだという。思わず「エッ」と聞き返すと、シュタンブク氏は、悪がなければこの世は成立しない、悪を詩にすることも詩人の務めであると思う、というのだ。

たしかに健康を守るために医者は病と向き合う。そのように詩人は悪と向き合ってこそ、善のために何かを与えることができるということなのだろうか。

シュタンブク氏の詩をまとめた本は「黒い波」と題されている。

（２００９・10・５）

「日本的」結婚式

タローとハナコの結婚パーティーはここ―。そんな小さな、ハート形の模様のついたサインが、レストランのドアにかかっているだけ。中は、わいわいがやがや、友達と職場の同僚だけの、内輪のパーティー。みんな楽しそうだ。

しかし、結婚はひとつのけじめ、ひとつの仕切り直しだから、本来は、そこに今までの生活や一緒に住んでいた家族や友人との別れをはじめとして、どこかに「涙」があってもおかしくない。一昔前までは、花嫁の父などと言われて、こっそり涙した親もいたものだ。

本人たちには楽しく、それでいてどこか厳粛で、集まった人々の心をも豊かにするような結婚式あるいは披露宴となると、昨今案外少ないのではないか。とりわけ近年どこでも、司会や演出者がプロ並みになってしまって、板についた演出をやることが多いせいか、本当にしっとりとした味の披露宴は多くないように思える。

ところが、先だって、新郎新婦の両親への花束贈呈が、本当にお互いの「うれしい」感極まった涙とともに行われ、それでいて花嫁花婿は、涙をかるくぬぐいながらお互いに幸せそうにキスしているという、まさに涙と笑いの披露宴に出合った。

新郎は、日本に駐在する各国の大使のなかで最年少（三〇代半ば）の石川成幸ベネズエラ大使、新婦は、ベネズエラのサッカーチームの国際試合で、ベネズエラの国歌を歌った歌手の鼓《コ》呂《ロ》雲《ン》エリカさん。

日系二世の石川氏と、ベルギーの音楽家と日本人の母との間に生まれ、ベネズエラに住んだこともあるエリカさんとをつなぐものは元より「ベネズエラ」であったが、同時に「日本」でもあった。その「日本」は、五百人の招待客の前で涙する和服姿の母親と、両親の前に心からの挨拶を送る新郎新婦の姿だった。

（2010・3・29）

アルバニア語辞典

アルバニア――。イタリアと隣りあわせの、人口二、三百万程度のこの国は、かつて、共産主義時代にはソ連邦の介入をきらって中国に接近し、毛沢東思想を奨励するヨーロッパの国として、ユニークな存在であった。しかし、皮肉なことに、今や日本でも、アルバニアのことを語る人は少ない。大学でも、アルバニア語を教えている所はない。

このままにはできない、まずはとばかり、このほど、アルバニア語と日本語を対照させた辞典が、出版された。筆者は、日本駐在のアルバニア大使夫人、レコ・ディダさんだ。

ディダ夫人は、化学を勉強しにきていた夫とともに、仙台に住んだ折、日本語の学習をはじめ、アルバニアの首都、ティラナに帰った際、日本語教室を開設、数十人の「生徒」を養成し、そのうち何人かは、経済協力のプログラムで、日本へ研修に来るほどになった。

日本語を学習するにも辞書がなければ不便だと、一念発起し、国際交流基金の援助を得ながら、十年近くかけてこのほどようやく辞書を完成させた。

「これも、仙台の友人、アルバニアに一時滞在した日本語の先生、熱心に勉強してくれたアルバニアの生徒、そして自分の生徒ともなり、また教師ともなってくれた夫、国際交流基金や国際協力機構などの友人―すべて、そうした人々との『絆』のおかげです」

ディダ夫人は、人なつっこそうな、明るい笑顔でそういった。この辞典は初心者用で、二千語程度しかなく、そこにはまだ「絆」という言葉はのっていない。しかし、日本を象徴する日の丸と、アルバニアを表す鷲のマークをあしらった表紙をもつこの辞典の一頁、一頁には、「絆」という文字がみなぎっている。

（2012・7・30）

苦難の共有

今月中旬、日本を公式訪問したベトナムの国家主席チュオン・タン・サン氏を囲んで、日本の「ベトナムの友人たち」との懇談会が、東京・元赤坂の迎賓館で開かれた時のことである。演壇の後ろに掲げられた大きな看板には、深紅の地に白い文字で懇談会の開催が表示されている。その前に向かって会場に入ってきた主席は、歩きながらみずから大きな身ぶりで拍手している。真っ赤な看板と歓迎の手拍子―今は少なくなった、社会主義国特有の雰囲気が盛り上がる。

まず日本側を代表して演壇に立ったのは、村山富市元首相だった。そして、その次は、社会主義思想に終始同情的とみられてきた東大教授、そして、大震災の被災地たる福島県の日越友好協会の代表の挨拶が続いた。

最後に演壇に立ったチュオン・タン・サン氏は、日本とベトナムが、水田文化を共有すると述べたあとに、日越両国は、共に厳しい苦難を乗り越えてきた国として、相通ずるものを持っていると語った。

日本側を代表して演説した人々は、かつて、ベトナムが、苦しい対仏、対米戦争を繰り広げているときに、そのベトナムを支援した人々であるか、あるいは、大震災の被害を直接体験し、それを乗り越えようと努力してきた人たちである。

日本との友好関係の基礎を経済的繁栄や、いささかバタ臭い政治的価値観などにおくのではなく、「苦難を乗り越えた」ところに置いた、ベトナムの国家主席の言葉は、意味深長だ。

あの大震災からまだ三年しか経っておらず、苦しい生活を送っている被災者も多い日本を「いじめてばかりいる」隣邦もあるなかで、ベトナムが「苦難の共有」の絆を口にした重みをかみしめねばなるまい。

（２０１４・３・24）

もう一つの過去

過去を忘れるな、歴史の教訓を忘れるな、という言葉は、過去の戦争の悲劇や、植民地支配の傷痕や、軍国主義の犠牲を忘れるなという意味に使われることが多い。

確かに、歴史の教訓を風化させてはならないだろう。とりわけ、戦争や飢餓を知らない世代が増えている今日の日本で、過去の歴史をよく知ることは、意味のあることだろう。

しかし、過去の事柄をいつまでも引きずっていては、未来も開けない。いいかえれば、過去を振り切って、新しい道を開いた軌跡、そういう「もう一つの過去」の歴史の方が、悲惨な過去の歴史以上に、記憶されてよいのではなかろうか。

そのことの重要さをあらためて思い出させてくれた人がいる。在京モンゴル大使のソドブジャムツ・フレルバータル氏だ。大使は、日本が、周辺諸国と過去の歴史認識をめぐって、政治、外交問題をかかえていることにそれとなく言及した上で、自国と日本との関係について、最近ある講演会でつぎのように語った。

かつて多くのモンゴル人は、日本人はとかく軍国主義的であり、現に一九三〇年代には、いわゆる「ノモンハン事件」を起こしてモンゴルを侵略した国であると思いこみ、日本を好きなモンゴル人はいなかった。しかし、一九九〇年代になって、モンゴルが民主化の道を歩み出したとき、どこの国よりも大規模な支援をしてくれたのが日本であり、今日のモンゴルの基礎をつくることに大きく貢献してくれた。

その後の日蒙関係は、経済的にも、文化的にも、政治的にも深まっている。いまや日本は、モンゴルで最も愛されている国だ。過去を忘れないこともさることながら、過去を日蒙両国が、どのようにして克服してきたかという「もう一つの過去」の歴史から教訓をうることも大切ではないか、と。

（２０１４・５・19）

「恨」と告白

朝鮮民族の文化を語るとき、往々にして「恨《ハン》」という言葉が出てくる。この言葉の裏にある心情を理解することは難しい。それというのも「恨」は、ひどい仕打ちを受け、その仕返しをひそかに望むような、通常の恨み心だけではないからだ。

「恨」には、ある種の悔やみの気持ちも入っている。周囲の事情や、不運によって、したいこともできなかったという「悔やみ」だ。加えて、他人の心ない仕打ちや周囲の事情に押し流されてしまった自分自身に対する苦々しさといった、「苦しみ」の心情もある。

こんな「恨」の複雑な姿を、自分自身の人生経験のなかに見いだしたと、ある韓国の女性ピアニストが語ってくれた。

そのピアニストの祖母は、第二次大戦前ピョンヤンで、ピアニストになるための勉強に熱心にとりくんでいたが、結婚し、子供が幾人も生まれた結果、音楽の道をあきらめ、その代わりに、娘をピアニストに育てようと必死に教育した。

娘はそれにこたえて、優秀な音楽生徒として、モスクワに留学できることとなったが、結局実現しないうちに、朝鮮戦争が勃発し、一家は、南へ逃げてきた。こうして、その娘もまた、ピアニストへの道を絶たれた。

では、そのまた娘こそと、祖母からみれば孫娘は、頑張って、一流のピアニストとなった。しかし、過労と緊張が祟って、重い病に倒れたそのピアニストは、病の床で、みずからの一生は、祖母と母の「恨」の気持ちの所産ではなかったのか、自分は結局そのとりこになってきたのかという「恨」が生じ、それについて自問し、また周囲に告白する気持ちになったという。

「恨」はこうして続くのでしょうかと、いまや病から立ち直ったと見えるピアニストは、美しい眉をかすかに顰《ひそ》めてつぶやいていた。

（2014・5・26）

医療大衆化とアジアの連帯

神は、心臓に障害を持つ人をもお作りになった。（だから同時に）心臓の障害を除く医者をも天から送られたのだ──。

インドで、キリスト教の普及活動や慈善事業に携わっていたマザー・テレサはあるとき、インド人の外科医にそう呟いたという。

その外科医は、この言葉に感動して、みずからの使命とばかりに、貧しいインドの人々にどうやって高度の心臓手術を施すことができるかを考えた。そして、若いインドの医学生を訓練した上で、医師の使命感に訴えて治療費を下げ、またベンチャー企業と組んで着衣や器具のコストを抑え、高度な心臓手術を一人の患者あたり二十五万円程度でできるところまでこぎつけた。しかし、貧困層は、二十五万円の手術費用も払えない。そこで、安い掛け金の保険システムを開発した。

その外科医プラサド・シェティ氏が、先般訪日して講演した。その時、シェティ氏は、アジアの連帯をよびかけた。一体心臓手術とアジアの連帯がどこで結び付くのか、といぶかしげに思っていると、氏は、およそ次のように語った。

勃興するアジアの最大の強みは、人口の大きさと潜在的な市場規模である。このアジアで、高度の心臓手術のための人材、器具、設備が整備されることは、単にアジアのみならず、世界全体における心臓手術のコストダウンに大きな影響を及ぼす。

すなわち、インドをはじめとするアジアにおける高度医療の大衆化こそ、世界の貧しい人々を救う道だ。加えて、アジアの資本を動員して、先進国も含め、高度医療を、それほど高額でなくとも実施できる病院経営に乗り出せば、一石三鳥ではないか―と。

事実、氏は、アメリカでの病院経営にも意欲を示しているそうだ。


（2014・6・23）

詩人はどこに

韓国の著名な詩人で、ノーベル文学賞候補だと囁く人も出ている高銀氏。その高銀氏と、東京で面談する機会があった。

「アジアでは、日本の万葉集、中国は唐詩、韓国の時調など、早くから自然を詠った詩歌が多く見られるのに対して、西洋では、ギリシャ、ローマから近代まで、自然を詠った詩歌にとぼしく、ようやく一九世紀になって初めてワーズワースなど、自然を詠う詩人が出てきたが、こうした違いはどうしてなのだろうか」と尋ねてみた。

すると高銀氏からは、「ギリシャ、ローマ以来、西洋人は自然を人間と対立する存在と見ており、それが近代になって自然を人間のために利用しようという考えにつながった。そのため、自然は詩心の対象となりにくかったのだろう」といった趣旨の答えが返ってきた。

たしかに、西洋と東洋の間には人間を自然の一部と意識するか、自然と対立する存在と意識するかの違いがあるのかもしれない。しかし、イスラム世界などでも、自然についての詩歌が盛んとはいえないところを見ると、宇宙観の違い、すなわち自然を神の創造したものと見なすか、あるいは、神自体、自然の中に存在すると見るのかという違いもあるのではなかろうか。

そうなると、そもそも詩心はどこからくるのかという問いにも答えねばならないだろう。

たとえば一昔前までは、政治家や社会的指導者で辞世の歌ならずとも、歌をよむ人が多くいたものだが、近年、日本の政治家で詩歌を好む人、たとえば故井出一太郎氏のような人物は、あまり見受けない。

今の政治は、歌心などもっていられないほど厳しいのか、それとも、そもそも現代の政治家には歌心がないのか、あるいは、政治にロマンがなくなったせいなのだろうか。

（２０１５・２・16）

歌舞伎と京劇

お正月は歌舞伎などの興行も一段と華やかだ。

こうした伝統演劇の華やかさについては、日本の歌舞伎と中国の京劇とがよく比較される。隈取りや見えを切るしぐさ、演劇と音楽の融合など、両者には共通点も少なくない。

しかし、違いもまたある。例えば、京劇では主役や脇役自身が台詞だけでなく歌を歌うが、歌舞伎では役者は歌わない。また、京劇の女性の喜怒哀楽は長い白い袖を操ることで表現されるが、歌舞伎では手と指の微妙な表現が特徴的だ。その他、歌舞伎の女形は歩くのにどちらかといえば内股で歩くが、京劇ではむしろ足を外側へ向けてしなをつくることもしばしばのように見える。

共通性と違いを持つ歌舞伎と京劇それぞれの特徴を融合させて、日中共同作品ともいえる新京劇を幾つか作って世に出した中国の俳優、演出家、そして音楽家でもある人物がいる。呉汝俊（ウー・ルーチン）氏だ。

呉氏は、京劇になくてはならぬ伴奏楽器、京胡《きょうこ》の演奏者としても著名だが、元来は、京劇の俳優を目指して中国の演劇学院で厳しい訓練を受けた人だ。ところが、いざ舞台に立つと、観客は少なく、劇場はがらんとし、若い人々は、京劇などに関心を持たず、西欧の音楽やオペラ、映画に目を向けてばかりいる。これでは京劇を必死に学ぶ意味はないのではないかと失望しかかった。そのとき、日本の演劇や伝統芸能に出合い、そこから再生へのエネルギーを燃やして新しい試みを打ち出した。

かつて京劇には梅蘭芳という女形の名優がいた。中国人の名前を日本では普通、日本読み（例えば毛沢東をマオ・ツェタンでなくモウ・タクトウ）にするが、梅蘭芳は、常にメイ・ランファンと中国読みされていた。ウー・ルーチン氏もそうなのだろうか。

（２０２０・１・６）

日系人魂

米国議会で最も尊敬されていた議員で、一時は民主党副大統領候補にも擬せられた、故ダニエル・イノウエ上院議員の秘書役を長年務めた後、議員の晩年に夫婦となってその人生に花を添えた婦人―アイリーン・ヒラノ女史が、新型コロナウイルスの猛威に米国全土が苦しんでいる最中に亡くなった。

アイリーンは、排日移民法で差別を受け、また第二次大戦中、強制収容所に隔離されて、苦難の歴史を体験した在米日系人の歴史を広く人々に知らせ、後世に残すためもあって建設された全米日系人博物館の館長を務めた。学生を中心とする日米交流の推進者としても活躍した。

コロナウイルス問題でも再燃した、東洋人への偏見、あるいはまた、感染を防ぐために世界各地で取られている隔離措置—それらは、米国における日系人の体験と重なり合う部分も少なくない。コロナウイルスを武漢ウイルスと呼ぶことに固執する米国政府高官の存在は、東洋人への潜在的偏見が、米国社会において、いまだに政治的問題となりうることを示している。

他方、強制収容所に隔離された日系人がどのように耐え抜いたかは、今日のウイルス問題による隔離生活と比較することもできる。

そして、ダニエル・イノウエ議員が、日系人であっても米国に忠誠を尽くすことを証明すべく兵役に志願し、欧州戦線で目覚ましい戦果をあげて自らも負傷したという、その生きざまは、ウイルスと戦う医療関係者、救急隊員、清掃員まで含む多くの「戦士たち」の献身と努力に相通じるものがある。

アイリーンの勤勉、誠実、情熱、そして、イノウエ議員の勇気と信念—これこそが今、日本も米国も一番必要としている精神なのではあるまいか。

合掌、イノウエ夫妻のために。


（2020・4・20）

ウクライナの負けじ魂

ロシアの侵略に必死に抵抗しているウクライナ。その姿を見ると、負けじ魂を持った二人のウクライナ人のことを思い起こす。

一人は、北京冬季パラリンピック大会に臨んで、自分たちが北京にいることは奇跡だとし、同時に、それは「信念の問題だ」と発言したバレリー・スシケビッチ氏だ。

氏は幼い時に小児まひにかかり、障害がありながら水泳選手となった。ウクライナがソ連から独立した直後、ウクライナ・パラリンピック委員会の会長に就任、クリミアに世界に冠たる障害者スポーツ施設を建設した。この施設のおかげもあって、ウクライナは、メダル獲得数を飛躍的に伸ばし、二〇〇四年のアテネ大会以降、パラリンピックでの国別メダルランキングで常に六位以内に入ってきた。しかも、一四年、ロシアがクリミアを占拠した結果、ウクライナ人はスポーツ施設の使用が困難になったにもかかわらず、パラリンピックで優秀な成績を収めてきた。まさに、負けじ魂の発露といえる。

もう一人の人物は、帝政ロシア時代の女性詩人レーシャ・ウクライーンカだ。彼女は母国語のウクライナ語に加え、ロシア語、英語、ドイツ語、フランス語、イタリア語、ポーランド語など十指に近い外国語をマスターした。

一三歳の時、ウクライナでは学校教育もロシア語で行われ、ウクライナ語での出版は禁じられていたにもかかわらず、ひそかにウクライナ語で「谷間のユリ」と名付けた詩を発表。結核を患いながらもウクライナの自由を求める政治運動に参加しつつ文学作品を書き続けた。

彼女の著した詩劇「カタコンベにて」は、教会の司教とローマの奴隷たちとの宗教的対話が主題となっている。

この劇では、冒頭で束縛からの自由が語られ、劇の末尾では専制国家の嘘ないし偽善との戦いが叫ばれている。まさに、今日のウクライナの叫びがこだましている。

（2022・3・14）

ある市長の悩み

地方自治体の選挙があるたびに、ふと思い出すことがある。フランス北西部ブルターニュ地方の片隅にある小さな市の市長さん、B氏の嘆きだ。

元は首都パリにある国際機関に勤めていた人だけあって、開放的で国際的な人柄で、日本人の友達も少なくない人だった。彼はことさらに生まれ故郷のブルターニュ地方を愛し、それだけに地元出身の議員などとのお付き合いも深く、そのせいもあって、市長になったようだ。

ただ、市役所といってもこぢんまりとした二階建ての建物で、べつに市長官舎があるわけではない。そもそも、フランスの多くの市町村がそうであるように、市長といっても役職手当はすずめの涙ほどしかない。それだけにフランスでは、市長（メール）というと、いわば名誉職のように見なされて敬意を表される。

ところが、Ｂ氏にいわせると、市長職は大変だという。ある日には老年の女性がやってきて、自分の飼っているネコがいなくなった、さがしてほしいと熱心に陳情する。翌日は夜中に電話があって、女性が悲鳴をあげて、夫に殺されそうだから助けてくれという。駆けつけてみると、ささいな痴話ゲンカだ。一方、日本のとある町と姉妹協定を結ぼうと提案すると、市民たちから、むだなことはやめろと抗議の声があがる。町に小さな公民館を建てて、文化活動を進めようとしても、賛同はえられない。

要するに、住民は、自分自身のことしか考えない。市長、市長というが、実は、住民は市長を自分の使用人のように思っている気配がある。いつやめてもいいのだが、やめるとなかなか後を継ぐ人がいないという。

事情は少々違うかもしれないが、思えば、長野県でも県議選の選挙区の半分ほどは、無投票というありさまだ。地方自治とはなにか、考えさせられる。

（２０２３・４・10）

2013年7月末、米ワシントンのナショナルプレスビルを訪れた長野県内の中高生海外派遣記者たちと面会し、質問を受けるアイリーン・ヒラノ氏（中央）。ヒラノ氏は生徒たちを前に、第二次大戦中、米国で日系人が「敵性外国人」として扱われ強制収容された経緯を語り、人種や文化の違いを乗り越えて共存する必要性を強調した＝13年8月23日付・信濃毎日新聞特集面掲載（15ページ「日系アメリカ人の決意」、65ページ「日系人魂」参照）

第二章　人の姿、人の言　Ⅱ

≪時空をこえて残るもの≫

民族の英雄と歴史のしがらみ

一八八九年、八千名の米軍を相手にチャペルテペクの城塞に立てこもったメキシコ軍は遂に力尽きて敗れ、その結果、今日のネバダ、ニューメキシコ、テキサス、カリフォルニアに相当する土地は、米国に奪取されてしまった。この時、最後まで城に残り、自害を決して戦ったメキシコ軍の士官候補生が七名いた。

そのうち後に問題を起こした一名を除く六名が、国民的英雄として、チャペルテペクの城跡の高台にブロンズ像となって祭られている。この像を見ると、メキシコの民族英雄とは、アメリカとの戦争に徹底抗戦した少年兵と云うことになりそうだ。

しかし、メキシコの歴史を知る者は次のように自問するかもしれない。

このチャペルテペク城はもともとコルテスのメキシコ征服以前はアステカ王国の王の離宮であった、米国に抵抗した者が民族英雄になるのなら、スペイン軍に抵抗したアステカの兵士はどうして英雄にならないのかと。

答えは複雑でもあり簡単でもある。すなわち、メキシコで民族的英雄を先住民のスペインへの抵抗者の中に求めることは、複雑な民族構成のメキシコ社会の分裂を助長することになりかねないからだ。

アジアにも、アメリカに対する反抗が民族の英雄像となって結晶しているところがある。ベトナムである。ハノイの統一公園の中にひっそりと立つ胸像は、かつて抗米戦争時代にマクナマラ国防長官暗殺未遂事件を起こして処刑された南ベトナムの抵抗者グエン・バン・チョイの石像である。

北ベトナムの英雄ではなく南の抵抗の戦士が民族英雄として胸像になっているのには理由がある。それは北ベトナムの英雄では南北統一のシンボルとなりにくいからだ。南ベトナム解放戦線の勇士で、若く美しい婚約者を残して処刑されたグエン・バン・チョイこそ、南も北も超えてベトナム全体が、誇り得る抵抗と反逆の精神の象徴なのだろう。

メキシコの六人の侍も、ベトナムの民族英雄もともに複雑な歴史の逆説としがらみを背負っている英雄たちなのだ。

（２００５・10・24）

歴史の教材

三度皇帝として即位し、三度廃位の憂き目に遭い、最後は、一市民として終わった「ラスト・エンペラー」、清朝最後の皇帝であり、「満州国」皇帝であった溥儀《ふぎ》。

この悲劇の皇帝の一生を、皇帝が使用していた家具や日常品、そして当時の写真も加えて解説風に展示した博物館。中国長春市の偽満皇宮博物館だ。皇帝の寝室、書斎から満州国建国の日満議定書調印の場まで昔のまま（内部は相当修復されたが）残っている。

英語を話し、西洋料理を好み、ゴルフをたしなんだ「紳士」が清朝の再興を夢みて、「売国奴」と手を組み、「日本帝国主義者」の傀儡《かいらい》となった後、共産党の労働思想改造によって、一市民として過去を悔いて生きるようになった――。これこそ歴史の教材であるとされる。

博物館の案内文には、この博物館は「警醒的文化教育基地」であると書かれている。博物館の出口には、皇帝を一市民に変えたことは不可能なことを可能にしたものであり、共産党の教育のおかげであるといった趣旨の溥儀自身の言葉がきざみこまれている。

幸か不幸か溥儀は、中国を狂乱の嵐にまきこんだ文化大革命の直前に死去している。もし最後の皇帝が文革中に生きていたら、どんな残酷な仕打ちをうけたかもしれぬと思うと、この教育基地は、また別の意味での歴史の教材かもしれぬと思える。

一人の人間の人生を共産党の思想改造のモデルとみなすこと自体、ある意味で溥儀を政治的に「利用」することにほかならない。そうした「利用」の仕方も、溥儀をいわば「傀儡」化しているとはいえないだろうか。

溥儀は、日本の傀儡である以上に、時代にあやつられた「傀儡」だったのかもしれぬ。

隣国との和

（2008・6・9）

今から五百年以上も前の、一四四三年、二六歳の韓国の青年が、使節団の随員として日本を訪れた。その名は申叔舟《シンスクチュ》。後に議政府領議政（首相に相当）にまで昇進した人物で、世宗はじめ李朝朝鮮の六代の王に重用された人である。世宗時代には、世宗のお声がかりで始められた、韓国文字、ハングルの創設にも携わったといわれる。

申叔舟は、日本で集めた資料や自らの見聞を基にして日本紀行記ともいえる「海東諸国紀」を著した。ここには統計や地理、風俗などについての客観的記述のほかに、申叔舟自身の見た日本の姿が所々に描かれている。

総じて当時の日本の姿はあまり芳しいものではない。海には海賊、陸には盗賊がはびこり、農村は疲弊していた。申叔舟は、対馬の様子を「貧甚し」とまで言っている。

一五世紀半ばの日本といえば、一揆が全国に広がり、都の政局もあいつぐ「乱」や政変で安定せず、やがて応仁の乱へ突入してゆく時代だった。

それだけに申叔舟の見た日本は、豊かでもなく、堂々とした大国でもなかったに違いない。

その日本を申叔舟は、心中、馬鹿にしたり侮ったりしたであろうか。

申叔舟が世を去る直前、時の李朝の王、成宗が、何か言い残すことはないかとたずねた時、申叔舟は、次のように答えたという。

「願わくは国家、日本と和を失うことなかれ」と。

乱世の日本を見た朝鮮の有数な知識人の目は、その後の日本の発展を見通していたかのように鋭かった。それから約五百年。何百年も先を見て隣国との和を真に世に訴え得る人は、今日、対馬海峡の両岸にどれほどいるであろうか。


（2008・7・14）

芸に生きた男

孔子から毛沢東まで中国人の姓名を日本では日本風に読む。毛沢東はモウタクトウで、中国語の発音「マオツェドン」とはいわない。だが、日本人の誰もが中国式発音のままで呼んできた中国人がいる。戦前から戦後にかけて一世を風靡した京劇の名優、梅蘭芳だ。この名優に限って誰もが中国式に「メイ・ランファン」といってきた。

最近、現代中国映画界の巨匠陳凱歌（チェン・カイコー）監督がメイ・ランファンの一生を映画化したこともあって、この名優の「花の生涯」に再び関心が集まっている。

一九二〇年代から三〇年代にかけ、メイ・ランファンの京劇は人々を魅了しサロンの花形となり、多くの政治家、実業家の知遇を得た。それだけにこの名優は、張学良などのいわゆる軍閥ともつきあい、漢民族の裏切り者の「漢奸《かんかん》」として糾弾された汪兆銘とも親交を結び、日本の軍人たちとも交際があったようだ。

共産革命後も、メイ・ランファンは京劇の伝統を守り続けた。しかし、中国共産党の京劇改革にブレーキをかけるがごとき発言をしたことから、強烈な批判をうけて謹慎生活を余儀なくされた。程なくして彼は「自己批判」を行い、その後は共産党の意向に沿った演目しか行わず、一九五九年には党員にまでなった。

こうしたメイ・ランファンの生き方を、政治的信条をもたぬ日和見主義と非難することはたやすい。現に彼をもって、芸人としては一流でも人としては凡人にすぎぬと批判する向きもあるようだ。しかし、メイ・ランファンが時として時代の潮流に流され、権力と妥協したのは、彼が芸一筋に生きようとしたからこそであったと考えることもできる。

芸に生き芸に死んだ人だったからこそ、日本人も彼を「メイ・ランファン」といって愛しむのであろう。

（２００９・３・16）

音の出る絵と書

今からほぼ五百年前、ポルトガル商人、フェルナン・メンデスピントが日本へ来航した。冒険家のメンデスピントが東洋の国々を旅した後に記した「東洋遍歴記」は、（事実の間違いも当然かなりまじってはいるものの）当時のヨーロッパ人に、神秘な東洋の姿を伝えた書として広く知られるようになった。

このメンデスピントの東洋旅行に着想を得て、彼の東洋の旅を、現代美術の形で再現する試みをした美術家がいる。ポルトガルの芸術家アルメイダ氏だ。

氏は、布と紙と木片（すなわち最も東洋らしい材料）を使って、抽象画風に円や幾何学模様で、「メンデスピントの感じた東洋」を再現した。そこには不思議なことに、海の音、風の音が感じられる。現に、東京・表参道で開かれた氏の作品展は、「…海に還《かえ》る…」と題されている。

アルメイダ氏の作品の隣に、山本郁さんという日本画家の作品がいくつか展示されていた。ポルトガル語の詩や歌を、アルファベットで和紙の上に、日本の書道のスタイルで（すなわちアルファベットを巧妙に図案化して墨画とも書道ともいえる形に）描いた作品である。

ポルトガルの現地で、ファルドといわれる民謡の調べに感激したという山本氏の作品は、トランペットのような楽器や五線譜のような文字線をうまく組み合わせながら、「アルファベットの書道」を実現している。作品を見ていると、そこに音がこめられている。音が響いてくる。

山本氏もアルメイダ氏のように、ポルトガルの海を頭に浮かべながら作品を描いたという。海の音がアルメイダ氏の作品にも山本氏の作品にも感じられたのは、かつて大航海を先導したポルトガルは今なお世界の大海と結びついているからなのだろうか。


（2010・6・7）

女性の「反逆」心

女子サッカーのなでしこジャパンの活躍からテニスのクルム伊達選手の頑張りなど、日本女性の活躍は目を見はらせるものがある。

東洋人で初めて全仏オープンを制した中国の女子テニスプレーヤー李娜の飛躍も素晴らしかった。

李娜選手の活躍の裏には反逆の精神がかくれているという人が多い。国益と国家の威信を第一とする中国スポーツ界の圧力への反逆だ。賞金上納制度やコーチの選任をめぐる圧力、練習スケジュールの制約など、李娜選手は、多くの制限や圧力に「反逆」した。日本の女子サッカー選手も、サッカーは男性のものと決めつけていた多くの人々の意識への「反逆」があったに違いない。

こうした「反逆」はスポーツ界だけにとどまらない。男性の独壇場だった能楽にも今や女性のプロが多く出現している。

女性の「反逆」と言えば、近代における原点の一つは、津田塾大学の創設者、津田梅子ではなかろうか。梅子は小学生の年齢で米国に留学し、帰国した時は一時日本語を忘れてしまうほどで、まさに明治の近代女性の最先端にいた。しかし、帰国した梅子にふさわしい職は明治の日本にはなかった。しかも周囲の日本女性は、男性の「絶対的権力」の下にいると梅子には思えた。

そうした日本に梅子は反逆した。その一つの対象は日本の近代化のシンボルであった鹿鳴館のダンスパーティー。最も洋風化していたはずの梅子はそれ故に偽善に満ちた鹿鳴館の仮装舞踏会への伊藤博文の招待を断った。梅子の反逆は男性中心に進められた日本の近代化への反逆でもあった。

今日、民主党の代表候補、自民党の歴代総裁にも女性の姿はないが、日本の立て直しに必要なエネルギーは、梅子の反逆精神に沿った、女性の反逆心から出てこないだろうか。

（２０１１・８・29）

女性差別と女性礼讃

オリンピックでの選手の活躍を報じる新聞やテレビで、よく美人選手とか、何々ちゃんとか、ママさんランナーなどという表現にぶつかって、おやと思うことがある。

男子選手がメダルを取ったからとて、いちいち選手の容姿を気遣ってハンサムだとか男らしいとはあまりいわない。ましてや、パパであるかないかを問題とすることは、まずなかろう。ところが、女性となると、それもスポーツで「男性並み」に活躍したりすると、途端に、美人だとかママだとか、女子選手の「女らしさ」が報じられるのは、どこか心の奥で、激しいスポーツは「本来」女のものではないはずだが…といった、ある種の微妙な「差別」や「特殊扱い」する心理が働いていないか。

文学でも女流作家とか女性作家といった表現が未だに使われることがあり、また、囲碁、将棋でも女流または女性棋士といった言葉がある。男も女も作家であり、棋士であれば同じであり、いちいち「女」をつけることは、どこかで、そうした女性を特殊扱いしていないかどうか、考えてみる必要がある…そう女権論者はしばしば論じるが、それも理由のあるところだ。しかし、「女らしさ」の強調は場合によっては、特別の賛嘆の声と受け止めるべきこともあるかもしれない。

そこを考えさせる、歴史的エピソードがある。もう八十年ほど前の話であるが、当時日本で売り出し中のピアニストの原智恵子は、在フランス日本大使公邸でピアノを演奏するとき、わざわざ洋装に固執し、決して着物を着ようとしなかった。

ピアニストとしてより、女らしい着物姿の東洋人として拍手されては心外である、と言っていたそうだ。差別と礼讃の間の線引きは難しい。


（2012・8・20）

岳飛孝母の真の味

今から九百年ほども前、北から侵入する「金」の軍勢に対抗して南宋を守ろうとした中国の将軍岳飛《がくひ》は、宰相秦檜《しんかい》と対立して悲劇的死をとげた。そうした悲劇のせいか、中国では伝統的に岳飛は英雄視され、杭州には岳飛廟《びょう》まである。

他方、「金」との和平をすすめ、土地を割譲してまで和議を結んだ宰相秦檜は、売国奴扱いされ、岳飛廟には、後ろ手に縛られた秦檜の像がおかれ、道行く人の中には、売国奴と叫んでツバをひっかける者もいたという。そうした風習は、第二次大戦前まで続き、岳飛廟を訪れた芥川龍之介は、千年も前の歴史上の人物にツバをはきかけている中国人の執念に驚きの声を上げているほどだ。

最近、この岳飛にちなんで、杭州近辺で、岳飛孝母と称するお菓子が売り出され、人気を博しているという。どうやら、岳飛は、貧農の出身で、出世したあとも母親を大切にしたという伝説もあるらしい。

しかし、岳飛が中国で英雄視されているのは、「金」に対して主戦論を唱え、和議を説く宰相と対立したからにほかならない。ここには、中国のある種のナショナリズムの臭いが感じられる。

戦前の日本ではないが、親孝行といった価値観も、とかく愛国心などと結び付けられやすい。岳飛孝母というお菓子が売り出され、人気を得ている理由も、親孝行という、いささか「儒教的」価値観が復権したからではなく、実は、中国人の「愛国心」のせいかもしれない。

昨今、中国の対日姿勢の中に、見方によっては、国家主義、軍国主義的とも思える対決姿勢が見え隠れすることがあるが、そんな風潮が、このお菓子の人気と関係があるとしたら、その真の味もよく吟味せねばなるまい。

（２０１３・７・１）

「日本人一二歳論」の教訓

日本人は一二歳の少年に等しい――。

一九五一年、米国上院の公聴会で、占領軍総司令官を終えて帰国したマッカーサー元帥が言ったとされるこの言葉は、日本人を激怒させた。それまでは、寛大な占領政策に感謝しようという気持ちからか、マッカーサーの銅像を建てようなどと息巻いていた人々も、すっかりしゅんとなってしまったという。

しかし、マッカーサーのこの言葉が、どういう文脈のなかで使われたのかをよく調べてみると、そこには、今でも、考えさせられることが潜んでいる。

マッカーサーは、日本人一二歳論を、日本人の能力や知識についての一般論として述べたわけではない。この言葉は、ロング上院議員の質問に答える所で出たものだ。

ロング議員は、マッカーサーが、占領政策は成功し日本の民主化は定着したと述べたのに対して、ナチスドイツの例をあげ、一旦民主化されたドイツが、その後ナチスの台頭を体験したように、日本も再び軍国主義の道に入り込むことはないのか、と尋ねたのだ。

それに対して、マッカーサーは、ドイツが熟年に達した大人であるのに対して、日本は、まだ一二歳の少年のようなもので、民主主義の恩恵に一旦ふれれば、少年の心深くに染み通るので、軍国主義の再来はあり得ない、と答えたのだ。

思うに、自由と民主主義の理念が本当に日本国民の心に染みわたっているかどうかは、いわゆる平和憲法の制定をはじめ、日本の民主化の過程が、本当に日本人自身の気持ちと信念にもとづくものであったかどうかと関連している。

今日の憲法改正論議も、国民一般の議論と関与があってこそ、民主主義といえる。国民一般がよく分からぬうちに改正運動だけがすすむということがあってはなるまい。

それが歴史の教訓と言えるのではなかろうか。


（2013・8・12）

パール判決文再考

靖国神社の境内に、一人の外国人の記念碑が、その人の画像と、残した言葉とともに建てられている。戦争犯罪人を裁いた東京裁判で、日本側被告の無罪を主張した唯一の判事、インドのパール判事の顕彰碑である。

「時が、熱狂と、偏見をやわらげた暁には、また理性が、虚偽からその仮面を剝ぎとった暁には、そのときこそ、正義の女神はその秤《はかり》を平衡に保ちながら過去の賞罰の多くに、その所を変えることを要求するであろう」

何百ページにわたるパール判決文の最後に書かれたこの言葉は、戦争直後の興奮した状況において、一方的に行われた東京裁判の不当性を批判した言葉として、しばしば引用され、過去の日本の行為を合理化する材料として持ち出す者もいる。

しかし、パール判事は、被告らの共同謀議による戦争犯罪という見方は、国際法という法的基準にてらして納得しがたいことを主張したのであって、日本の行為は、いかなる意味でも正しかったと証明しようとしたわけではない。

しかも、パール判事の判決文の行間に流れている見方は、欧米諸国が自分のしたことを棚に上げ、日本を一方的に糾弾するのは不公平だとするものである。そのせいか、広島を訪れたパール判事は「過ちは　繰返しませぬから」という原爆慰霊碑の言葉に強い違和感を覚えたという。従って、パール判決文の現代的意義の一つは、原爆投下の違法性と非人道性といった、戦勝国の行為の再評価の必要を指摘する点にあろう。

一方、パール判事は、不当な処罰に挑戦するとともに、過去を不当に称賛することを戒めていることも忘れてはなるまい。

本当の平和は、自己糾弾も自己礼讃をも超えたところにあるというのではなかろうか。

（2013・8・26）

変節と「未完成」

今年生誕一〇〇年を迎えたメキシコのノーベル文学賞受賞者オクタビオ・パス。

この著名な詩人は、一時外交官の身分で、日本に滞在したこともあり、また、メキシコのインド駐在大使を務めたこともある。もともとは、共産主義、マルクス主義に共鳴していたパスは、ソルジェニーツィンが、ソ連邦における「偽善」をあばいた作品を読んだあたりから、社会革命の多くが、実は人権と自由を蹂躙《じゅうりん》してきた歴史に敏感になったようで、晩年は、政治的な「変節」をとげた作家とされている。

オクタビオ・パスは、日本滞在がきっかけとなって、俳句に興味をもち、俳句の「味」は、全てを言い切っていないところにあるとして、俳句を「未完なもの」と呼んだ。

パスの人生をふりかえると、あたかも、彼自身の人生が、変節をふくんだ、未完の作品であり、そこにはいつも「夢」があったような気がする。

ところで昨今、この国では、みんなの党の分裂があり、日本維新の会を中心とした再編の動きもあって、政党の離合集散が盛んだ。こうした動きを見ていると、政党の離合集散がきちんとした政策論争や思想抗争に基づくものではなく、数合わせや選挙対策めいた動機によるもののようにも思える。

政策的主張や政治思想を曲げることに、さして躊躇しないのではないかと疑わしくなる。言い換えれば政治的「変節」がいとも簡単に行われがちなのではないか。

変節も、深い反省に基づくものならば、許容できよう。それに、特定の政治思想にこだわりすぎ、「正統な」思想以外はだめと、排除してかかることより、変節を認めるほうがよいかもしれぬ。ただ、それは、未完成の過程のものであり、夢と連動していなければならず、選挙対策や錬金術のためではなかろう。


（2014・4・21）

ノブレス・オブリージュ

高貴なる身分は、（勇気、高潔、寛大など）高貴たるものを課す―という言葉は、かつて貴族階級や社会のエリート的身分の人々が自覚し、周囲の人々が期待する価値観だった。

昨今は、エリートという言葉自体、敬遠されがちだ。なぜなら、この言葉には、「普通の人とは違う」という、反庶民性が宿っているからだろう。しかし、真のエリートには使命感と犠牲心が不可欠と言ったら、エリートも敬遠されないかもしれぬ。

四国は松山藩主の家に生まれた久松定謨《さだこと》が、裕仁親王（後の昭和天皇）接遇のため松山城の麓に、現在価値で二十億円の巨費を投じて建てた洋館「萬翠荘《ばんすいそう》」は、そうしたノブレス・オブリージュ精神の象徴として今日もその雄姿をとどめている。

久松家のこの使命感は、鳥羽伏見の戦いで松山藩が、徳川慶喜側に従軍した経緯から朝敵よばわりされたことを屈辱とみなし、それを克服せんとしたことに源流があるとされる。ここには、エリートの背後に恥辱を栄光に変える意欲と使命感と、そしてそのためには犠牲を厭わぬ覚悟があること、まさに、ノブレス・オブリージュの存在が暗示されている。

言い換えれば、エリートという言葉に象徴される、高貴、洗練、特権、華麗といった特徴は、実は、恥辱、犠牲、克己、忍耐といったものと表裏一体となっている。

有名なバラ戦争の源となり、後にロンドン塔に幽閉されて、ついには殺害されたともいわれる英国王ヘンリー六世を描いたシェークスピアの戯曲の中で、ある貴族が「恐怖を知らないのが真の貴人だ」と語るところがある。高貴な者は、迫害や恥辱を恐れない勇気をもつというのだ。

庶民性を重んじるのも良いが、皇族や首相、ファーストレディーなどには、使命感や犠牲的精神をもったノブレス・オブリージュも必要だ。

（２０１８・４・２）

万里長城と国境の壁

米国の中間選挙で、与党が下院で敗北して議会にねじれ現象がおき、今後トランプ大統領が、自らの公約をどこまで実行しうるのか、危ぶむ声も大きくなっている。

さしあたり一つの試金石は、何千人にもふくれあがって米国を目指して「行進」している移民集団への対処のしかたや、メキシコとの国境に物理的な壁をつくるという移民対策だろう。

米墨国境に巨大な壁をつくることは、時として中国の万里の長城に比較される。古今東西、よく「月世界から見える地球上の充分な長さの唯一の建造物万里の長城」（岡倉天心）と呼ばれる。その天心は、「誰が黄禍を口にするか?」と問いかけて所謂黄禍論を批判した論文のなかで、黄禍論は「中国が日本の援助でその大軍をヨーロッパに送る」などというが、それはあまりに「馬鹿馬鹿しい」とし、その論拠の一つに万里の長城をあげてつぎのように論じている。

「この古代の防塁は、外国からの侵入に対する防壁として建造されたと同時に、中国が自らに科した領土的野心の限界を示したものである」

考えてみれば、トランプ大統領の提案する巨大な防壁も、一見トランプ氏特有の攻撃的で無鉄砲な挑発とみられがちだが、そこには、米国を「閉ざす」という防御の姿勢ないし孤立主義的傾向が含まれている。そうした傾向は、やがて中東やアジアへの米軍の派遣、関与にも影響しかねない。日本の鎖国の場合も、外国人の入国禁止は、同時に日本人の海外渡航禁止と裏腹だった。

他方、中国が改革と開放路線にそって、国を開くことを強めれば、東シナ海をはじめ海外への進出を促しかねない。国を閉ざすことは孤立主義、開くことは対外進出と連動しがちなことは歴史の教訓ではあるまいか。

（２０１８・11・19）

本当の自由とは

「自由よ。汝《なんじ》の名のもとにいかに多くの罪が重ねられたか」―フランス革命運動の最中、革命家の集まりに自らのサロンを提供していたロラン夫人は、そう言い残して断頭台の露と消えたといわれる。夫人の死は、いわれなき罪での死であり、自由への革命の犠牲でもあった。

事実、いつの時代も自由への戦いは、多くの犠牲を伴ってきた。だからこそ、何を置いても自由を守ろうとする意志は重要であり、そうした強い意志こそ、水爆やミサイルより強い力だとケネディ米大統領が言ったのは正鵠《せいこく》を射た指摘だろう。

しかし、ロラン夫人の言葉は、裏を返せば「自由」が悪用されてきたことも示唆している。

ここで今思うことは、自由を叫んで、ワクチン接種を拒否する人たちだ。現在、米、加、独、仏などで、反ワクチン運動が後を絶たない。カナダの首都オタワでは、国境での検査義務に反発したトラック運転手が、車を連ねたデモを展開し大混乱を招いた。

こうした「運動」が広がった背景は複雑だ。人々が長いコロナ禍に疲れ、いら立ちをぶつけたがっていることもあろう。また、ワクチン接種とは直接関係なく、政府を批判する目的で国民の欲求不満を政治的に利用しようとする勢力が動いている気配もあるようだ。無力感に襲われた人々が、逆に自由を叫んでいるだけだとする皮肉な見方もある。

しかし、そもそもワクチンを打とうが打つまいが、それは個人の自由だと叫ぶ人々は、実は自分自身、ワクチンは危険だとか、製薬会社の陰謀だとかいう情報に踊らされていないか。すなわち、自分自身、嘘や幻に束縛され、本当の自由を失っていないだろうか。

かつてマハトマ・ガンジーは、自由か隷属かは畢竟《ひっきょう》、心の問題だと言ったが、まさに、抗議行動で自由を叫ぶ前に、自分自身の心の束縛を解くことこそ、真の自由への叫びではなかろうか。

（2022・2・28）

夢と現実の葛藤

スペインのバルセロナから北へ向かってフランスとの国境へ行く途中に、小さな漁港カダケスがある。そこの住民たちの抗議運動が、国際的注目を浴びている。

この漁港は、エビなどの漁業のほかに、世界的に著名なシュールレアリスム（超現実主義）の画家サルバドール・ダリの名画といわれる「記憶の固執」ゆかりの場所として、知る人ぞ知る場所である。また、この地方は、地元民が「トラモンターナ」（北風）と呼ぶ特殊な風に見舞われるところだ。

この風が、そもそも、騒動の源となった。北風に目を付けた当局と大手企業が、この町の沖合に巨大な風力発電施設を建設する考えを打ち出し、地元民の反対運動に遭っているというのだ。住民が反対する根拠は、漁業への影響のほか、近辺の豊かな海洋生物の生態系が海底電線などで破壊されるという危惧に加えて、景観の問題にあるようだ。海の上に巨大な風車が林立すれば、ダリの名画ゆかりの景観が傷つけられ、観光客の失望も買うであろうというのだ。

一方、いまだに石炭・石油燃料への依存度の高いこの地方では、環境問題に対処するために再生エネルギーの利用は不可欠であり、多少の景観の悪化は我慢すべきとの意見も、これまた無視できないところだ。

地球環境問題への対処として、再生可能エネルギーを活用する方法には、風力のみならず太陽光もある。太陽光発電施設の設置については、日本の各地、特に農村地帯で問題となっている。

風力、太陽光など再生エネルギー活用のための施設は、人間の「心の外」の世界の論理から言えば当然だ。しかし、ダリの絵画が、外面の常識的世界の秩序を人間の内なる幻覚によって見直し、夢と現実との葛藤を描いたものであることを思う時、ダリが生きていたら果たして何と言うだろうか。

（2022・8・8）

メローニ氏とムソリーニ

先日行われたイタリアの総選挙では、極右とも、ポピュリズム（大衆迎合主義）とも、あるいはまた新ファシストとも呼ばれる政党「イタリアの同胞」が、右派連合を組んで勝利を収め、内閣を組織することになる情勢だ。

党首のジョルジャ・メローニ氏は、いわゆるシングルマザーで、子育て支援を訴えてきた。同時に、かつてヒトラーと同盟を結んだファシスト運動の主導者、ベニト・ムソリーニを崇拝し、彼と同じような扇動的言動で名をはせてきた。とりわけ、欧州連合を「官僚支配の巣窟」として激しく攻撃し、「イタリアの利益を優先せよ」と主張してきたことから、彼女の政治的台頭には、欧州一般に警戒感が広がっている。

メローニ氏は、政治キャンペーン中、「女」「母」という言葉を特に強調してきたといわれるが、彼女の傾倒するムソリーニの言った次の言葉が思い出される。

「男にとっての戦争は、女にとって母となること（マタニティー）のごときものだ」

この言葉に従ったのであろうか、メローニ氏は同性婚を認めないと主張する。また、ムソリーニは、「何事も国家の内にあり、国家を離れ、国家に反して、何もない」と言っており、メローニ氏も、イタリアという国家こそ全ての原点であり、外国からの移民は、壁をつくってでも防がねばならぬと主張する。

ちなみに、ムソリーニは、日本との関係では、いわゆる日独伊三国同盟の推進者であった。また、日本が一九四〇年の東京五輪招致活動を展開していた際、駐イタリア日本大使杉村陽太郎の、病を押しての必死の嘆願を受け入れ、東京の対抗馬ローマの立候補を辞退させてくれた人であった。ムソリーニは、最後には、イタリア国民に見放されたが、メローニ氏の今後はどうであろうか。

（２０２２・10・17）

1960（昭和35）年5月13日、北ベトナム（当時）ハノイの中国大使館で開かれた宴会で、歓談するホーチミン主席（左）と中国の周恩来首相【ANS＝共同】（98ページ「ホーチミン氏をめぐる冗談」、105ページ「周恩来、己を語らず」他参照）

第三章　人の姿、人の言　Ⅲ

《政治の表と裏》

ホーチミン氏をめぐる冗談

ベトナム統一の父といわれ、バックホー（ホーおじさん）と呼ばれて、ベトナム人の敬愛の的となってきた故ホーチミン主席。一昔前まで、ホーチミンについての冗談や笑い話はおおっぴらにはしにくかったが、今や開放体制をとって十年以上経ったベトナムでは、「ホーおじさん」についての冗談も人々の口にのぼるようになった。

冗談の一つに、終生独身を通したホーチミンは何故妻をめとらなかったかという質問に対する答えがある。


（伝統的社会主義者の答え）

ホーチミンの愛した妻は、祖国ベトナムにほかならなかった。

（資本主義社会の風潮につかった人々の答え）

ベトナムの女性は皆美しく、一人を選ぶには勿体なかったから。

（ポストモダンのフェミニストの答え）

ベトナム北部の恐妻の村として名高いハドンにホーチミンは何年か住んだことがあり、結婚は女の尻にしかれることになると思ったから。

これらの答えは、冗談にしてはできすぎていて、いずれも的を射ているようにも思える。類似の冗談に、ホーチミンのかくし子といわれたM元共産党書記長についての質問と答えなるものがある。M氏は本当にホーチミンのかくし子なのかという問いに対してM氏自身はどう答えたかという設問である。

（M氏は真の社会主義者であり、模範的な回答をしたとする説によれば）

はい、私はホーチミン主席の子です。何故なら約八千二百万のベトナム人すべてにとってホーチミンは父親ですから。

（M氏は現代的感覚の持ち主として回答したとする説）

若し自分がホーチミンの血筋であるとしたらそんな光栄なことはない。しかし、ホーチミンの遺体は神聖な記念堂に安置され、もはやDNA鑑定は不可能であるから、私が是非を云っても証拠が出せない。

（M氏は日本的模範回答をしたとする説）

私の如き愚かなものが、かくも偉大なホー主席の子供であるはずがない。

こう見てくると、冗談のような質問に対する答えは、答える人の思想的背景を明らかにするものとも云えそうだ。

因みに、日本の著名人に、「貴方は実は…ではないか」と冗談半分に質問してみると、意外にその人の性格や考え方が分かるのではあるまいか。

（２００５・６・６）

治安と革新政党

親を殺す中学生や高校生、自分の子供を殺す母親、いじめが高じての集団殺害—そんな、いささか「異常」な犯罪に世間の注目が集まりがちだが、実はもっと「ありきたり」の犯罪、コソ泥や恐喝、売春や暴力行為こそ市民の日々の生活から見ると人ごとではない問題だ。治安の維持—それこそ公的なサービスがしっかりして、私的な警備会社に多額のお金を払わなくとも済むようにしたいと願う人も多かろう。

しかし「治安」強化というと、どうしても保守政党向きに響く。貧しい、恵まれない者には「治安」よりも「福祉」の方が身近に聞こえがちだ。それに「治安」というと昔の治安維持法ではないが、取り締まりの強化というイメージが付きまとって、警備や取り締まりの名の下に人権軽視が行われると心配する人も少なくない。

ところが最近フランス社会党の有力メンバーで初めての女性大統領候補登場といって騒がれ

ているセゴレーヌ・ロワイヤル女史が、治安こそ保守党ではなく社会党の政策の中心であると云い放って話題を呼んだ。

一見これは、愛称セゴと呼ばれ美人でソフトなイメージのロワイヤル女史が、治安強化を旗印に頑張っている「男性的」な愛称サルコ、すなわちサルコジ内務相のお箱を奪って、中間層をひきつけようとする選挙戦略にもみえる。

しかし、よく考えてみると、セゴの云うことは三分どころか七分以上の理がある。それは、治安悪化で最も直接的被害を受ける人々は、もともと治安の比較的良いところに住んでいる金持ちや上流中産階級ではなく、治安のよくないところに住まざるを得ない恵まれない人や庶民の家族たちだからである。

加えて、そもそも治安が悪化する理由は何か。それは自分の住む社会に疎外感を抱き、悪事を働いても社会に対して悪いことをしたと感じることの少ない「仲間はずれにされた」人々、貧富の格差にあえいで現在の社会のあり方に不満を持つ人々が増えているからではないか。

そうとすれば、治安は、貧困の問題であり、社会における疎外の問題にほかならず、まさに革新政党が年来、その解決に力を傾けてきた領域と重なるのではないか―セゴはそう云いたいのだろう。

（２００６・７・10）

市民の監視とは

フランスの新大統領に就任したサルコジ氏。サルコジ氏は、ハンガリーの移民の息子で、いわばたたきあげの政治家であり、庶民の夢を実現した人であるともいえる。そのせいか、あけっぴろげで、人をそらさず、それでいて行動派だ。

かつて五、六年前、サルコジ氏がパリ郊外のヌイイーの市長をしている時、ご夫人ともども膝つきあわせて食事を共にして、日本へ一度行ってみてくださいと招待したときも、気さくにぜひ行こうと日本旅行に出かけてくれたものだ。

そのサルコジ氏は、選挙に勝った直後に、野党はもちろん、国民の一部からも大きな非難を浴びた。それというのも、サルコジ氏が、フランス有数の金持ちの実業家の招待を受け、その人の私有ジェット機でマルタ島へ飛び、同じく私有の豪華なヨットで、夫人同伴で地中海めぐりを楽しんだからだ。

庶民感覚とは程遠い休暇のすごし方、それも大統領に当選するや否やこれみよがしに豪遊する―これらすべてはサルコジ氏のおごりであり、フランス国民の代表たる大統領の資質として問題である。それに実業家の接待というが、仮に飛行機のチャーター代やヨットの借り賃を自分で払っていれば数千万円にもなるうんぬんと、フランスの各方面で非難の声が上がったのだ。

ところが、テレビでサルコジ氏のインタビューを見て驚いた。全く弁明しない。弁明しないどころか、長年の友人の招待を受けて何が悪いのか、多忙なスケジュールの予想される大統領職を前に十分な休暇をとって楽しんでもよいではないか、と完全に開き直っているのだ。これが日本だったらどうであろう。実業家との癒着とか、ぜいたくざんまいの政治家うんぬんといった非難どころではすまないだろう。

政治家の行動の小さな部分まで市民の監視の目がゆくのは良いことだ。しかし、それが個人の私生活での生活スタイルの是非にまで及んだ場合、政治家個人としてどこまで開き直れるだろうか。私有飛行機で休暇をとる白昼夢を描きながらふと考えたことである。

（２００７・５・21）

芝居と政治

タレントや俳優が政治の世界に入ることが増えている。テレビ時代の政治は、政策よりはイメージに頼ることが多くなったせいかもしれぬ。また、「小泉劇場」などという言葉ができるほどだから、政治も芝居がかってきているのだろう。もっとも昨今の政争は、いささか猿芝居めいているが…。

そんなことを思っていた矢先、中国の国家主席、胡錦濤氏にまつわるエピソードを聞いた。胡氏は、若い時、甘粛省に滞在したことがあった。その折、地元の演劇好きの人々を指導したが、その指導を受けたグループが、党幹部の前で演劇を演じた。少し前とは格段に上達しているありさまを見て党幹部は感激し、進歩の秘密を尋ねたところ、胡氏のおかげとわかった。それではと早速、胡氏を甘粛省の幹部に取り立てたという。

胡氏は、もともと北京のエリート大学の一つ、清華大学の出身だが、在学当時から、演劇が好きだったそうだ。もっとも、だからと言って学業をおろそかにしたわけではなく、成績は全優に近かったと聞く。芝居好きが出世の糸口になったというのは、いかにも中国らしい。

今は亡き周恩来首相も学生時代、芝居好きで自ら劇に出演し、時には女役を演じていた。ひょっとすると、そのかっこよさに魅惑されたのが、当時女学生だった、後の周恩来夫人鄧穎超女史かもしれぬ。

革命には、情熱とある種のロマンが必要であり、革命そのものも大きな歴史のドラマである以上、革命家が演劇好きであってもおかしくない。もっとも、シェークスピアのせりふではないが、そもそも人生は、時間の中の劇にすぎないとすれば、政治家や革命家のみならず、およそ人はおしなべて人生劇場の役者ということになろうか。

（2008・4・14）

周恩来、己を語らず

中国現代史上、知識人や文化人に幾多の苦難を与えた文化大革命。この文革のいわば「総括」が行われ運動に一応の終止符がうたれたのが、中国共産党第九期全国大会、いわゆる九全大会だった。この党大会の発表文書は「総括」文書だけに、一言一句念入りに練られたものだった。

その時周恩来総理は、発表文の重要性に鑑み、英語、日本語など主要言語への翻訳班を特別に設け、日夜貫行で作業にあたらせた。

折から中国では中国の地名や人名を、いわゆるウェード式から中国音方式（例えば北京は、PEKINGからBEIJING）に移行する過程にあった。

当時毛沢東の後継者といわれた林彪は、それまで一般的には英語でLINPIAOと書かれていた。これを中国方式ではLINBIAOと書くことになるが、重要人物の名をそうすぐ変えてよいものか、翻訳班もためらいを感じ、周恩来総理自身の裁断を仰いだ。ただその時翻訳班は、林彪についての英語表現を中国音方式にするのなら周総理自らの名も、一般に英語で使われていたCHOUという表現から中国式にZHOUとすべきではないかという「お伺い」を併せて提出したという。

周総理はしばらく考えた後、林彪は中国式発音にしようとの判断を下した。しからば周総理自身の名前はと聞く翻訳班の人々に周は黙して語らなかったという。

周の業績をどう評価し、周にいかなる「名」を与えるかは周自身が考えるべきことではない、との信念が、こんなところにも出ていたのかもしれぬ。

己を語らず、また誇らなかった周恩来は、自らの遺灰を中国の大地にばらまいてくれと遺言した。周の本当の姿を知るものは、中国の大地と人民と時という歴史の審判者なのだ。


（２００９・６・29）

詩心と政治

雷鳴が空にとどろき、かなり強い雨が降り出した。整然と行進する兵士や広場の一角に立つ儀仗兵も雨にぬれている。

その光景を威儀正しく特別の観覧席から眺めている要人たち。中央に立っているミッテラン大統領の脇で、何やら手帳に書き記している人がいる。中曽根康弘首相である。

時は、一九八五年七月一四日、フランス革命記念日。所はパリのコンコルド広場。

翌日、中曽根氏は、ミッテラン氏に対して、前日の革命記念日の行進を見ながら作った俳句を披露した。雷鳴にもたじろがぬ兵士の姿を俳句にし、フランス語に訳したものだった。

「あの雷鳴と雨の最中で、詩を書いておられたのか」

ミッテラン氏は、いたく驚いた様だった。

会談の後、ミッテラン氏は、側近に、日本の政治家の中に中曽根氏のような文化人がいるとは知らなかった、とつぶやいた、といわれる。

古くはローマ、唐、平安時代、いずれの時代でも詩人は社会の尊敬を受けた。今でも、トルコや一部の中東の国々では「詩人」は社会のいわば「先達」とされているという。

政治が人々の「今日」の生活だけにかかわるのではなく、明日と明後日の社会のビジョンをつくることも行うのであれば、政治にも現実主義と同時にロマンが必要だ。今の政治には、あまりにもロマンがなくなってしまっていないか。それは政治家の責任というより、市民一人一人の責任ではないか。

神に最も近い天職は詩人である、といった人がいるそうだが、政治に本当のロマンをふきこむためにも、われわれ一人一人が、詩心を大切にしなければならないのではあるまいか。

（２００９・７・６）

アジアは一つ

先日、マハティール元マレーシア首相と対談する機会があった。八〇歳をこえ、何度かの心臓手術をのりこえたマハティール元首相は、態度や物腰こそ昔よりかなりソフトでゆったりとした感じではあったものの、口に出る意見は依然として鋭く、時として辛口だった。

二十年近く前、ＥＡＥＣ（東アジア経済会議）構想を打ち出して世界の注目を浴び、同時にルックイースト（東方政策）を唱導して日本や韓国に続けと自国を激励したマハティール氏。当時、日本の有識者の中で、マハティール氏の構想に賛同を示す人は少なかった。アメリカ、オーストラリア、それに欧州でも、マハティール構想には反発の渦が巻き起こった。

しかし、この二十年の間に、アジアでは、貿易、投資、観光、留学、映画やドラマの交流をはじめとして、相互交流と相互依存は著しく進み、ＥＡＥＣは、「事実上」でき上がってしまったともいえる。

残る課題は、政治面での一層強いつながりだけだろうと言われるくらいだ。現にマハティール元首相も、アジアにおける政治対話の緊密化をこれからの課題としてあげた。

では何のための政治対話か。

マハティール氏は言った。アジアの声、アジアの意見をできるだけ一つにして、アメリカやヨーロッパに向きあうことが大切だ―と。

「アジアは一つ」。その言葉は、かつてタゴールにより、また岡倉天心によって唱えられた。そのころ、この言葉は、アジアの人々の心、文化的伝統は一つ（共通）であるという意味だった。今やこの言葉は、アジアが団結して世界にアジアの声を発信せねばならぬという意味に変わりつつある。アジアが多様で複雑だからこそ、声を一つにしようということなのかもしれない。

（2010・5・31）

現代のドンキホーテ

中世の騎士道物語に凝ってしまい、自分が有名な騎士になったつもりで、あこがれの美姫を求めて、いささかとんまな従者一人を連れて諸国を漫遊するドンキホーテ。

ドンキホーテというと、誇大妄想に取りつかれた、おかしな人物の代名詞のようになっている。けれども、この物語をよく読んでみると、ドンキホーテは正義感に燃えた人物であり、悪をこらしめ正義を実現するために戦うことを厭わない男だ。しかもドンキホーテは、騎士道精神のとりこになっているだけに、女性に対しては丁重だ。

昨今のせちがらい世にそんな男がもっといてもよいのではないか。そう思って世界をながめると、イタリアの首相ベルルスコーニ氏が目につく。

女性問題や金銭スキャンダルで満身傷を負っているかのように見えるが、依然としてイタリア人の間の人気はさほど衰えていない。それというのも、彼こそ、金持ちで女性好きで、しかも権力の座にいるという、三拍子そろった「理想」の男性像を体現しているからだという。

正義だの純愛だのというのは、きれい事にすぎず、この世はもっと大胆に「男らしく」生きよう、それで人を傷つけたら教会でざんげすればよいだけだ—。そう思っている人が多いからこそベルルスコーニ氏は簡単に失脚しないと聞く。彼に対抗するには、いささか誇大妄想的といわれても正義と正直さと純愛に生きる、現代のドンキホーテ的人物しかいないのではあるまいか。

ここ日本では、ちまちましたスキャンダルですらあちこちで辞任騒ぎが起こるほど「正直」な社会に一見見えるが、ベルルスコーニ氏もいないかわりにドンキホーテもいないようだ。そんな社会はダイナミズムを欠いているといったらそれこそ「ドンキホーテ」と言われるだろうか。

（2011・2・28）

コール首相の思い出

一九八〇年代から九〇年代にかけて、旧西ドイツも含め十六年にわたってドイツの首相を務めたコール氏が先日亡くなった。

東西ドイツ統一の立役者で、ヨーロッパ連合の強化に力を尽くした政治家コール氏といえば、サミット（主要国首脳会議）の席上、何度か近くで姿を見、発言を聞き、行動をかいま見たことがある。

九六年、フランスのリヨンで行われたサミットでは、コール首相の側近が、会議の準備のため集まった七カ国の当局者を前にして「うちのボスは、フランス料理はもちろん食べるが、最近はやりのヌーベル・キュイジーヌ（新しい料理）は苦手なので、伝統的なソースたっぷりの料理にしてほしい」とわざわざ注文をつけたことから、コール首相の料理の好みが国際的な話題となった。

翌年の米国デンバーでのサミットでは、各国の首脳が、黒塗りの乗用車で会場に乗り付けたのに対して、コール首相は、何人かの随行者とともに大型バスで乗り込んで、なぜだろうかと、各種の噂を生んだ。

コール首相がその真骨頂を発揮したのは、それまで七カ国に限っていたサミットを自国を加えた八カ国にしてほしいというロシアの希望に配慮して、原子力問題という議題に限り、かつ臨時会合という形にして、九六年にモスクワで開催された八カ国サミットの時だ。

夕食後の音楽会で、チャイコフスキーやストラビンスキーも含めて著名なクラシックの曲が演奏された。曲名は全部で八つ、最後の演奏は、ヨーロッパ連合の「国歌」になっているベートーベンの「歓喜の歌」だった。

演奏が終わるやいなや、コール首相は真っ先に立ち上がって、演奏者に歩み寄り、一人一人と握手した。それは、各国の中で、ロシアのサミットへの参加に最も熱心だったコール首相の、無言のエールのように見えた。


（２０１７・７・10）

一言の重み

保守系であってもリベラルな思想をもつ政治家の勢いがいささか弱まっているように見える昨今、そうした立場を貫いた人物として貴重な存在だった井出一太郎氏の回顧録が、氏の次男亜夫氏をはじめとする有志の尽力もあって最近発刊された。

内政のみならず一太郎氏の中国との関わりなど興味深い記述が含まれている。そのなかでも、深く考えさせられる一言がロッキード事件との関連で存在する。それは次のくだりだ。

「私は朝まだ夜が明けないうちに新聞社の電話でたたき起こされて、（中略）『昨日アメリカにおいてロッキード社が日本の政界に対して贈賄行為を行ったことが上院の委員会の証言で暴露された。こういう事件をご存じないか』と言うから、『わしは初耳で、君の電話で初めて知るようになった』と、こういうやり取りをして電話を切りました」

ここで「わしは初耳」という一言の意味は重い。なぜなら、在米大使館および外務本省は、この上院委員会の開催に先立ち、ロッキード社の贈賄事件と委員会でそれが明らかになることを知っていた（昨年八月一一日付本紙朝刊）にもかかわらず、井出官房長官、すなわち総理官邸には伝わっていなかったことが、ここで明らかにされているからである。

なぜ外務省は、政界を揺るがしかねない大事件について、総理官邸に事前に情報を提供しなかったのだろうか。おそらくそこには、海外からの秘密情報が内政に利用されることへの心配や、事件が贈収賄にからむだけに外務省はなぜ事前に知り得たのかと、あらぬ疑惑を招きかねないとの懸念があったのかもしれない。

そうとすれば、ここには、外交ないし行政と政治との関係、機密情報の取り扱いと政治的配慮の関係など、考えるべき教訓が隠れているのではなかろうか。

（２０１８・10・29）

ある夫婦の絆

ノーベル平和賞を受賞した元韓国大統領金大中《キムデジュン》氏の夫人、李姫鎬《イヒホ》氏が亡くなった。

金氏と李氏の夫妻は、自宅の表札に夫婦両名の姓名を掲げていた。結婚しても夫婦別姓の韓国ではあるが、自宅の表札にわざわざ双方の名前を書くのは異例だ。

これは、金氏と李氏が同格のパートナーであることを象徴する行為だった。現に、金氏は米国に亡命中、ある演説で「自分は、李姫鎬の夫としてここにいる」と述べたほどだ。そして事実、韓国民主化運動や女性の権利にまつわる施策立案などの面で、李夫人はまさに金氏の政治的なパートナーであった。

李夫人は、夫とは夢を共有すると言ったそうだが、夫婦が愛情とともに政治的な夢を共にする同志であることを示した言葉といえる。

しかし、第三者から見れば、金氏と李氏の夫妻は、何よりも、苦難を共にした夫婦であった。投獄、誘拐、暗殺未遂、そして死刑判決─数々の精神的、肉体的迫害を受けた金氏を常に支え続けたのは、誰よりも李夫人だった。

このように、夫婦が苦難を共にし、それが故にまた愛を深め、かつ夢の共有を強めていった事実を、宝玉のように結集したものがある。それは、金氏が作ったパンソリの一曲である。

パンソリとは、金氏の出身地、全羅道を中心に発達した韓国の伝統芸能で、太鼓に合わせて、時には哀調を帯び、時には諧謔めいた笑いをさそう庶民的歌曲だ。

金氏が歌詞を作ったパンソリは、面会室云々という言葉で始まる。牢獄に繋がれた金氏が、面会に訪れた夫人と会う際の切々たる心情を訴えたものだ。そこには、苦難を共にしてこそ一層深まった愛の心とともに、不当な迫害に対する共同の抗議が込められているように響いた。

（２０１９・７・１）

シラク元大統領の思い出

フランスの元大統領であり、パリ市長も経験し、また無類の親日家だったジャック・シラク氏が亡くなった。

シラク氏とは、サミット（主要国首脳会議）の席上やフランス在住時代などに何遍か話を交わしたことがあるが、何といっても、シラク氏の日本についての知識の深さと心情的傾倒には感服した。

シラク氏は、相撲がことのほか好きで、自分の飼い犬を「スモウ」と名付けていたが、その犬については、夫人が、小さな犬で、およそ相撲らしくないと苦笑いしていた。

小泉首相がパリを訪問した際には、シラク氏がファンであった武蔵丸の取組をビデオで小泉氏と一緒に「観戦」したほどだった。

また、小泉首相との会談で、小泉氏が「自分が今、最も頭を痛めている問題の一つは、靖国神社参拝問題だ」と言って、過去の歴史の問題について対応の難しさを語ったとき、シラク氏は、じっと聞き入っていた。そして、自分はそうした日本の問題について、口を挟むつもりは全くないが、一友人として言えば、と前置きの上、ややしんみりした口調で「日本には、次のようなことわざがあると聞いている。すなわち『寝た子は起こすな』ということではないか」と語った。

東京赤坂の迎賓館の和風別館で、橋本首相が日本料理の昼食会を開いた際は、調理担当の料亭が見事な壺を持参し、部屋の入り口に置いてあるのを見て、「これは安土桃山時代の作品であろう」とコメントして橋本首相を驚かした。

その後の会話で日本の縄文時代の壺の話になり、通訳が「埴輪《はにわ》」という言葉を使うと、シラク氏は「埴輪」ではなく「土偶」だと口を挟むほどだった。また、森首相の訪仏時には高級焼酎の森伊蔵を用意するなど、きめの細かい配慮をする政治家だった。合掌。

（2019・9・30）

山川異域、風月同天

中国の外相で、かつて駐日大使も務めた、いわば知日派の要人である王毅氏は、いささか冷却ないし緊張気味の日中関係について、前向きな言葉を述べた。

いわく、日中両国は貿易、投資、五輪準備、コロナ対策など多くの分野で協力できる関係にあるとし、両国の関係を次のように要約した。すなわち「山川、域を異にすれども、風月、天を同じうす」といえる関係であると。

その意味は、言うまでもなく、日中両国は、土地は離れ、異なっているが、共に同じ天空をいただき、大自然のなかの仲間であるというところにある。とかく、対立面ばかりが強調されがちな昨今の日中関係について、むしろ、協力、協調しうる分野に目を向けるべきとの考え方を表明したものといえる。

実は王毅外相の引用した詩句は、八世紀前半、天皇家と藤原氏の権力抗争のあおりで自害した左大臣長屋王（天武天皇の孫）の書いたものである。

「山川異域　風月同天」という言葉は、長屋王が中国の僧侶に贈った千枚に及ぶ袈裟に、金糸で刺繍《ししゅう》された十六文字の詩の前半部分である。後半部分は「寄諸仏子　共結来縁」（仏弟子の方々にこの袈裟をお贈りします、共に将来長く続く縁を結びましょう）となっていた。

言ってみれば、ここには、国境を超え、民族の違いを超えて、共に同じ仏教を信仰する者同士として友好関係を築こうという考えが込められている。すなわち、日中友好の基礎にあるものとして、共通の信条、価値観の共有が前提とされている。

現代の日中関係においても、千年以上前の歴史を振り返りつつ、自由貿易主義、自然環境保護、弱者への思いやり精神など、共通の精神を大事にして、友好を追求すべきではあるまいか。そして、また、長屋王の例にも鑑み、日中関係が、両国国内の権力抗争で左右されないよう留意すべきだろう。

（2021・5・17）

第四章　人の姿、人の言　Ⅳ

《人の世の機微》

島崎藤村のパリ

一九一三年春、島崎藤村は、人目を避けるようにして神戸港からフランスへ発った。それは、良く知られているように、姪のこま子との情事、そして生まれてくる「不義の子」からの逃亡であり、また、過ちをひた隠しにしている卑怯な自分自身からの逃亡であった。

逃亡先のパリの下宿は、ポールロワイヤル街で、下宿の前は皮肉なことに著名な産科病院だった（今日でも、藤村の下宿した建物と産科病院は、昔の面影を留めて、モンパルナスの大通りに存在している）。

この下宿の傍らの緑豊かなリュクサンブール公園の隅には、クロズリー・デ・リラというカフェが、その昔リラの木立に囲まれていたことを懐かしむかのように、今でも人の背丈ほどの緑の柵の中に佇んでいる。ヘミングウェイ、フィッツジェラルド、ストリンドベルヒ、レーニンなどが出入りした、この有名なカフェには、林芙美子や横光利一など、日本の文人たちも訪れたという。

今日、このカフェには、〝ヘミングウェイ・ステーキ〟というウイスキーを味付けに用いた料理があり、往時を偲ぶよすがとなっている（ステーキと文化人との関わり合いといえば、フォアグラを用いた〝ロッシーニ風ステーキ〟、玉葱《たまねぎ》を用いた〝シャリアピン・ステーキ〟などが名高いが、〝ヘミングウェイ・ステーキ〟というのは、クロズリー・デ・リラでしかお目にかかれないようだ）。

藤村は、カフェに出入りしても、ロマンティックな雰囲気にひたらず、いつも冷徹な観察眼でフランスを凝視した。そうすることによって、藤村は逃亡という行為そのものから逃亡しようとした。そして遂には、自分自身の過去を全て世間にさらけ出した小説『新生』の発表へとつながった。それによって藤村は、自分の過去からの卑怯な逃亡を、冷徹な自己観察という近代精神、すなわち近代化しつつある日本の未来への逃亡に変えた。

藤村にとってパリは、過去の逃亡の終点であり、また新たな逃亡の始まりであったのだ。

（2004・10・18）

日本海の復権

「文士」という言葉には、どこか煙草とアルコールと本とインクの臭いに満ちた書斎で、髪をふり乱して原稿を書いている小説家のイメージがつきまとう。それほど、この言葉は、一種の畏敬と軽い侮蔑とある種の羨望のいりまじったニュアンスを含んでいる。

今日ではほとんど聞かれなくなったこの言葉「文士」をあてはめて、それらしく収まりのよかった小説家は高見順が最後ではなかったかと云われる。もっとも高見は『文壇日記』などという文士の世界の記録を世に出しているせいで、そう呼ばれたのかもしれぬ。

その高見が、終生自らが非嫡出子として生まれたことを恥じかつ呪い、自らの生をどす黒い世界の中に押し込んでいたことは、文学史を語る者の常識だが、彼が、美しい海岸線と活気に彩られた明るい港町の出身であることを想い浮かべると、彼の故郷と高見の人生観の間にはどこかちぐはぐなものが感じられてならない。

勿論高見の生まれたのは冬の朝で、冬の日本海は荒れ、町は風や雪に悩まされる。しかし冬の自然の厳しさは、また春の到来と夏の盛りの明るさを余計引き立たせるものでもあるはずだ。

そもそも今日、日本海側の地方は「裏日本」などと呼ばれ、太平洋岸に比べるとダイナミズムに欠けた地域としてのイメージが強い。然し多くの日本人の目が欧米よりもアジアに向いていた時代、そして北海道や中国大陸やロシアからの物産の海上輸送が極めて重要であった時代には日本海は文字通り日本経済の生命線をにぎる海だったはずだ。そこには暗さどころかはちきれる躍動があったはずだ。

この日本海に再びダイナミズムをふきこむためには、観光や貿易の振興もさることながら、先ずイメージの変化が必要だろう。その一助として、日本海の明るいイメージづくりに役立つような小説や戯曲が出てこないだろうか。そのためには、韓国、北朝鮮、中国、ロシアなど日本海の向こうに位置する国との関係を改善し、日本海が閉ざされた海から開かれた海になることが必要なのではあるまいか。

（2005・8・8）

新しい肌着と決意

「血潮で濡れた下着類を着替えさせる必要があり、林秘書官が箪笥《たんす》の中を探したが、洗いざらしの古いものしか見つからなかった。陸軍大臣の威光で、被服廠《しょう》あたりから新しいワイシャツの一枚や二枚は何でもなく入手できたはずだが、それをしなかったこの人に、私は改めて好感と尊敬の念を抱いた」（陸軍省高級副官美山大佐の手記。角田房子著『一死、大罪を謝す』より）。

これは、最後の陸軍大臣、阿南惟幾《あなみこれちか》将軍が終戦の日に自決したときの描写である。その時、将軍の末子惟茂《これしげ》は、数え年で五歳の幼児であった。

その惟茂は、成人して外交官となり、中国語を勉強中に知り合った金髪碧眼《へきがん》のアメリカ人ヴァージニアと結婚した。二人の婚約を知った先輩の中には、「自分の息子がアメリカ婦人を妻にめとったのを知って、阿南将軍は草葉の陰で泣いているだろう」と云ったものがあったという。

それを聞いて惟茂は、「それは嬉し涙でしょう。日米の間の平和こそ父が最も望んだことだったはずです」とつぶやいたと伝えられている。

それから数十年後、惟茂は、日本の駐中国大使として北京に赴任した。大使公邸が中国人デモ隊の投石をうけ、大使と夫人が息をひそめるかのように邸内にこもった時、憂慮の面持ちのヴァージニア夫人に阿南大使は命じたという。

「着替えをするから新しい、白い肌着を持ってくるように」と。デモ隊が突入し、万一大使がひきずり出されて辱めをうけたとき、日本大使として恥ずかしくない、きちんとした服装でいたい――それが阿南大使の決意だったと聞く。

いざと云うときに新しい肌着に着替えるという武士の魂は、いってみれば一つの覚悟、一つの決心の象徴である。あの一九四五年八月一五日、日本国民は、新しい下着に着替えたつもりになって敗戦をかみしめ、そして戦後の復興に身を捧げる決意をしたのではなかったか。

真の意味での平和への祈りとは、不戦を誓うことではなく、むしろ、自らとの戦いに勝つことによって新生する決意なのではあるまいか。

（2005・8・15）

サヨナラ日本とガンバレ日本

隣国中国の経済的躍進や「韓流」の活躍が目立つせいか、私たちの周りでは、日本ガンバレと掛け声をかける人々も少なくない。

少子化と老齢化で人口の規模や構成についての議論が盛んなことも日本ガンバレ精神とどこかで結びついているのかもしれない。世界の歴史の上で、人口が減っても繁栄したのは中世のベネチアくらいだという説をはく人も出ているほどだ。

その一方、日本人も日本という「小さい」社会に安住せずに世界にはばたけばよいではないかと云う人々もいる。パリのファッション界を席巻し、アメリカの野球界で話題となり、ベルリンフィルやウィーンフィルに出られるようになればよい。いわば「サヨナラ日本」でよいとする考え方もある。

しかも、世界的名士にならなくとも、外国の土地に定住して活躍しながら日本人の心を失わずにおればそれでよい、それが実はその人本人にも、また日本のためにもなる—そういうすがすがしい人たちもいる。

パリに長年在住し、日本女性としてほとんど唯一、フランスの建築士の資格を得て、建築事務所を経営している早間玲子さんはそういう一人だ。一九六〇年代に、荒くれ男の支配する建設現場の雰囲気を体験して、女が日本で建築事務所を開くことの難しさを悟った早間さんは、フランスでシャルロット・ペリアンの系統の建築事務所に弟子入りし、以来今日まで、いくつもの日本企業の工場や事務所の建設に直接携わってきた。

早間さんは、云ってみれば、「サヨナラ日本」グループの一人である。しかし、彼女は、同時に「ガンバレ日本」と叫び、また人一倍日本をステキな日本にしたいと思っているはずだ。外国に在住する日本人が、しっかり投票して、その声を日本社会に反映させることが大切だと、彼女は在外選挙推進運動にも熱心だ。

「私の結婚相手は建築です」――。そう云ってはばからない彼女を見ていると、サヨナラ日本派の人々の中にこそ、真のガンバレ日本精神が宿っているような気がしてならない。

（2005・10・3）

わが身の影

三業――義太夫を歌う人、三味線を弾く人、そして人形を遣う人、この三人を文楽では三業というと聞いたが、文楽にはもう一人いるはずだ。言うまでもなく人形だ。人形を人間並みに勘定すれば、四業になる。

人形と人形遣いを一緒にするのはおかしい――そう言う人もいようが、考えてみてほしい。役者や俳優は、もともと二人の人物である。役者本人と、役を務める対象の人物の二人だ。そう考えると、普通の演劇では一人が演ずるものを、文楽では二人が演じていると言ってもよかろう。それに、オペラなどと比較すると、セリフや歌の部分は、人形も人形遣いも演ずることなく、太夫が演ずる以上、オペラの役者は、文楽にたとえれば一人三役をこなしていることになる。

一人二役や一人三役――そういうといかにも演劇じみているが、われわれの日常生活でも、多くの人々は、二役、三役を演じているはずだ。会社の社長なり社員としての役、父親（母親）や夫（妻）や子供としての役、そしてその上に何よりも大切な自分自身。そう考えると、会社にいる時の自分は、実は自分の「影」であって、本当の自分は、いつも他の所にいるのかもしれない。

故高円宮殿下は、十余年間も国際交流基金の職員として勤務され、電話の応対から客の案内まで職員並みに働かれた。税務署から殿下の給料はどうなっているかと内々調査にきたほどで、殿下の勤務ぶりがいかに誠実かつ徹底したものであったかを証明している。ある時気さくな友人が、「殿下、皇族の身分と国際交流基金職員とどちらが本当の殿下ですか」と冗談まじりに聞いた時、高円宮さまは、次のように答えられたという。

「高円宮としての自分と一職員としての自分のどちらが自分で、どちらが影であろうか。ひょっとすると、皇族として行動している自分の方が影であって本当の自分はオフィスにいる方なのかもしれぬ」と。

殿下は、もしかするとこの言葉の中に、世間では「わが身の影を見ることのできる人とできない人がいる。わが身の影を見ることこそ大切だ」との比喩をこめられたのだろう。

（2005・11・14）

本当の教育

日本の教育はこれでよいのか―昨今そんな言葉があちこちで聞かれる。そのたびに思い出すことがある。米国の首都ワシントンで、連邦議会の議員に日本の主張を理解してもらうための工作をやっていたころの思い出である。

こちらも若造の時代で、議員本人とはなかなか会えないので、議員の政策担当秘書役をしているスタッフと近づきになるように努めていた。そうしたスタッフの一人で、民主党のある大物上院議員で後に大統領候補にもなったM氏の外交問題担当者を、同じく別の議員の秘書役をしている夫人とともにワシントン郊外の自宅に招待したことがあった。本人も夫人もともに米国の著名な大学を卒業しており、すがすがしいタイプのインテリだった。

そのころ、ワシントンでは、公立学校の生徒のバッスィング（公立学校において白人と黒人の人種構成を平準化するために、学区を越えて強制的にバスで生徒を移動させる強制通学制度）が問題となっていたので、そのことが食卓の話題となった。

丁度小学生の子どもを持つこのM上院議員スタッフ夫妻の意見を聞くと、バッスィングは、理想的な方策とはいえないかもしれないが、是認し得るし、現に自分の子どもは公立学校で、バッスィングのためかなり遠い学校に通学しているという。

「それではお子さんの学力の低下が心配ではないか。将来、貴方のように有名大学に入学させるためには私学に通わせたいと思わないのか」と率直に聞くと、その答えは明快だった。

「経済的には私学に通わせるくらいの余裕はあるし、確かにその方が学力はつくだろう。しかし、自分は子どもが身をもってアメリカ社会の実態を体験し、人種問題を自ら経験していくことを通じて学び取るものの方が、学力向上よりも大事だと思っており、それこそが、親として子に与えるべき真の教育であり、また、それがアメリカの真の強さにつながるものと思っている」と。

東京の都心の大学のキャンパスで、「有名幼稚園、小学校入試のための模擬テスト会場」などというポスターの前に並んでいる親子を見るたびに、ワシントンで出会った、あの若い議員スタッフ夫妻の澄んだ瞳が憶い出されてならない。

（２００６・１・23）

未来への脱出

日本軍であれ、ドイツ軍であれ、第二次大戦の際の潜水艦の活躍にはいろいろなドラマがあった。ドイツのＵボートや日本の伊号潜水艦にはとりわけ手に汗にぎる劇的物語が伝えられている。

そのうちの一つ、昭和一九年六月、グアム島に不時着した優秀なパイロットたちを救出するため、アメリカ軍の奇襲と制海権の網をかいくぐって、グアム島から百名に上るパイロットたちを救出した伊四一潜水艦。玉砕を覚悟してグアム島に残る兵士たちを後にして、潜水艦に乗り込むために島を離れるパイロットたちの心境も複雑なら、脱出組に入れるべき人のリストを作る上官の心も千々に乱れがちであった。

日没前後、敵の哨戒機のすきをねらって島に近づき、脱出者を乗せたらすぐ潜水して夜の海間に消える―その離れ業をやってのけたのが板倉艦長指揮の潜水艦だった。

そして、その運命のリストに加えられて島を脱出した百名ほどの若者の一人に、脱出の日、ちょうど二五歳の誕生日を迎えた田中哲海軍予備校生がいた。

それから五十年近く経った一九九三年、七五歳になった田中さんは、家族とともにグアム島を訪れた。かつて潜水艦で脱出した浜辺に立って赤いバラの花を海に投げた。

「これでやっと私の戦争は終わった」――そう、かつての海軍軍人田中さんは自分に言い聞かせた。

それから十年以上経った今年一〇月。田中さんは、国際交流基金国際交流奨励賞の受賞者として、天皇・皇后両陛下に拝謁した。二十年近くも、山形国際ドキュメンタリー映画祭の企画と実行に尽くした功績で表彰されたのだった。

表彰式の席上、田中さんは言葉少なに受賞の挨拶をした。

「記録映画は、いろいろ政治問題を引き起こしやすく、これは上映できないとか、あれはちょっと、といったことになる国が多い。ところが日本ではそういうことはほとんどなく、二十年も映画祭を続けられたのは、日本が本当に平和で、かつ自由で民主的な国だからだ。そういう日本をつくりあげた裏に、あの戦争の多くの犠牲があったと思うと、今日の平和の意味が一層深く感じられる」という趣旨だった。

玉砕の島からの脱出は、平和な未来への脱出だったのだ。

（２００６・12・４）

流行と個性

「服そのものには命はありません」

ファッション・デザイナーの森英恵さんの言葉だ。

森さんは、長年パリを舞台に活躍し、フランスのデザイナー、ジバンシーとも知り合いだった。ハリウッドの女優オードリー・ヘプバーンの服装をデザインして彗星のごとくファッション界に躍り出たジバンシー。この天才の服を自らに合わせて着こなして、魅力ある女性の服のイメージに革命的衝撃を与えたヘプバーン。森さんは、昔を回顧するテレビ番組で「オードリーは、実によく自分を知っていた」とも語っている。

森さんのこうした言葉には、あらためて流行と個性との関係について考えさせるものがある。

ファッションあるいは流行とは何か。

皆の着ているものに合わせて着ることではあるまい。皆が同じものを着ていたらその服は流行とはいえないだろう。ある種のファッションを着こなしている先駆的グループに属しているからこそ流行に乗っているといえるのではないだろうか。

そこには他人の着ているものに合わせてゆく順応性とともに、別の他人（すなわち流行の服を着ていない人々）から自分を差別するという意味での個性の表現がある。ここでは流行に合わせることが、ある意味では個性の表現とつながっている。

そうなると、流行に合わせる際に最も大切なことは、いかに流行している服といえども、果たしてそれが自分に合うかどうかをまず見きわめることだろう。

自分に合うものは何か―それを判断するためには自分をよく知らねばなるまい。

与謝野晶子は、今から百年ほど前にフランスに滞在し、フランス女性がどうして美しいのかと観察、分析した。

「フランスの女性は、一人一人自分に何が似合うのかをよく知っている」

それが結論だった。自分をよく知る人こそ一番自分を美しく見せられる人なのだ。

命のない服に命を吹き込むのは服を着る人である。ただ、単にすてきな服を着たからといって自動的に服に命は吹き込まれない。自らをよく知った人が、自らに一番合う服を着て初めて服は命を得るのだ。森英恵さんの言葉の真の意味はそこにあるのだろう。


（２００７・７・２）

退場の美学

外国で歌舞伎を演ずるとなると、花道の作り方、幕の引き方、はては照明のあり方までいろいろ「文化的」違いを克服しなければならない。

ヨーロッパの舞台には、後方がせり上がっているような舞台もあり、そうなると踊る感覚も狂ってくるから大変である。しかし、こうした「違い」は長年の経験と工夫で克服できる。

ところが、奇妙なところに落とし穴がある。

「一番苦労することの一つは、アンコールというか、終わったあとの拍手とそれに対するお応えの仕方です」

長年外国でも活動してきた坂田藤十郎氏は柔らかい、氏特有の微笑を浮かべながらそう言った。

役者は、公演中は登場人物の役になりきっていなければならぬ。化粧も衣装もしぐさもそうである。しかし、退場の瞬間、それまで演じてきた役の人物の気持ちをどこまで持ち続けるかは難しい。

化粧をおとし、着がえてしまえばもちろん、「登場人物」は消えて自分にかえる。しかし、劇が終わってすぐ拍手の嵐がおこって、ヨーロッパのように舞台へまた出てきて観客にあいさつするとなると、その瞬間には、登場人物の心理からぬけきって、役を演じた役者としての気持ちにならねばならぬ。その瞬間の気持ちのきりかえは、意外と難しい。藤十郎氏は、そういった趣旨のことをつぶやいていた。

確かに、歌舞伎のあの拍子木の音と幕引きのあとに残る余韻をわれわれ観客は楽しんでいる。それが「アンコール」があって役者が舞台に再登場するとなると、余韻は消えてしまう。能楽ではだから演能が終わると拍手をしない人も多い。

このことは、言いかえれば、退場そのものに美学があるということではあるまいか、日本の演劇は演じ終わった後の退場の仕方とそのときの雰囲気づくりに一つの眼目があるのではないか――。そう感じて思わず傍らの坂田藤十郎夫人（扇千景氏）の顔をのぞきこんだ。

ちょうど、政界からの見事な退場劇を演じたばかりの扇千景氏は、夫君の言葉に、「いかにも」と静かにうなずいていた。

二人とも違った世界とはいえ共に退場の美学を演じた名優のように見えた。

（２００７・10・１）

音にこもる心

「藩主の命で江戸へ急に行くこととなった。しばらく会えないだろうから、発つ前に一曲お手合わせ願いたい」

尺八を愛する男は、琴の上手な許婚にそう頼む。

やがて合奏が始まる。息の合った二人の演奏が、まさに絶頂にさしかかったとき、ぴたりと、女の手がとまって琴の音が消えた。うなだれる女に子細を聞く男。

「きっと生死をかけたお仕事で江戸へいらっしゃるのでしょう。尺八の音色には、必死の思いがこめられていました」

女は、男の覚悟の程を、尺八の音から察したのだった。

山本周五郎の短編小説の一場面である。

こんなことは、小説の世界にはあっても、現実にはなかなかあるまいと思っていたら、やや似た体験をした。

最近、ふとしたことから一弦琴を習うようになったが、ある日、師匠が、「今日は、貴方は、すごく忙しい日だったでしょう。どこか、短兵急な調子がこもっています」と言うのだ。言われてみるとその日は、大変忙しい日で、けいこの時間も気になるほどだった。

「忙しいとやはり焦ったりするので音に影響するのでしょうね」と半分言い訳めいたことをいうと、師匠は、「主婦の方ですと、実家へ帰った後でのおけいこなどは時として随分生き生きというか軽々としているときがあります。やはりその時の心のゆとりといったものが響きに出てくるのですよ」という。

芸事を習うことの恐ろしさをあらためて思い知ったが、音に心がこもるとはよくあることのようだ。もっとも、一弦琴は、弦が一つしかないだけに、余計そこに人の気持ちがこもるものなのかもしれない。

（２００８・４・28）

害虫と益虫

いつかこの欄で長谷川眞理子さんが害虫のことについて書いておられたが、「害虫」ということ、いつも昭和天皇にまつわるあるエピソードを思い出す。

一九五〇年代。日本農業の生産性の向上が叫ばれ、農地改良や農業の機械化が強調されていたころの話である。当時、飛ぶ鳥をおとす勢いにあった有力政治家の農林大臣は、農業の機械化、肥料の有効活用、農薬の普及に力をいれた。この大臣が昭和天皇に御進講する機会を得ると、胸を張って、天皇に申し上げた。

「除虫剤の使用はじめ、農薬の普及と肥料の使用による改良によって害虫はすべていなくなりました」と。

昭和天皇は軽くうなずかれると、静かな口調で大臣に問いかけられた。

「益虫の方はどうなったか」。大臣は一瞬意味が分からずエキチュウ?と問い返そうとしてハッとし、黙ったまま冷や汗をかいたという。

生物学者でもあり生物を愛しむことで人後におちなかった昭和天皇だからこそ「益虫」はどうなったかという質問をされたに違いない――。そう長年思っていた。

しかし最近にいたって、ひょっとすると、昭和天皇は、もっと深い意味をこの問いにこめられたのかもしれぬと思うようになった。それは昨今の世の中の風潮と関連している。

近年テレビも週刊誌も、企業のトップや政治家のスキャンダルあばきや、「転落した」学者やタレントを非難することに熱をあげている。

社会から「害虫」を退治するための批判は大いに結構だ。しかし、そうしているうちにいつの間にか、社会の「益虫」がいなくなったり、すみの方に追いやられて機能しなくなったらどうなるのだろう。

今の世にこそ「益虫」はどうなったかと問う人がいなければならないのではあるまいか。

（２００８・８・４）

落日と日の出

「落日燃ゆ」――。第二次大戦中に首相を務めた広田弘毅の一生を描いた故城山三郎さんの伝記小説だ。この小説を基にしたテレビドラマが放映されたのを機に、広田の一生をあらためて思い返してみた。

ドラマは広田夫婦の愛情に焦点をあて、広田の人間性を浮きぼりにしようとした。政治家、外交官としての広田の陰にある人間広田に光をあてることはいかにも昨今のテレビドラマらしい。しかし、政治、外交家としての広田を見つめ直すと、広田が軍部と妥協しながら少しでも軍の暴走をとめようとした努力が、逆に軍を結果として余計暴走させたのではないかという点が気にかかる。

その点について、ついに広田は一言も自らを弁護することなく、A級「戦犯」のうち唯一人の文官として十三階段を上って死に赴いた。

処刑された「戦犯」の遺骨を、進駐軍は遺族に渡すことを拒んだ。しかしその目を盗んで、一部の弁護士たちが火葬場から持ち帰った「遺灰」は今日、相模湾を見下ろす小高い丘に立つ慰霊塔に納められているという。しかし、この巨大な慰霊塔には広田の名は刻まれていない。なぜなら広田の遺族は軍人たちと一緒に広田が葬られるのを拒否したからだ―。そう「落日燃ゆ」の著者は小説の中で語っている。

いずれにせよ、東京裁判における広田の沈黙は、無言の抗議なのか、それとも、政治家の責任は連合軍によって裁かれるものではなく「歴史」という裁判官の審判にゆだねるべきだ、との考えだったのだろうか。

「落日」は沈む日本帝国の象徴であることは間違いない。しかし同時に、太陽は再び昇るために落ちてゆくものでもある。諺を引用することの好きだった広田は、あるいは「日はまた昇るために沈む」と、一人つぶやいていたかもしれぬ。


（２００９・３・30）

或る詩人の死

詩人の死にはどこか厳粛な、それでいて生きている者を包み込むような優しさがあるといったら、あまりに詩的すぎるだろうか。しかし、そんな感慨をいだかせる詩人がいた。

俳人であり、美術評論家であり、また、熱心なキリスト教信者であった、故内田園生氏だ。内田氏は、大学入学とともに学徒出陣で、戦争に駆り出されたとき生と死を見つめ直して信仰心にめざめたという。

やまの峰兵らは声を失いし

とは、敗戦の日に内田氏が書いた俳句だ。

そして氏は、俳人の道を歩みはじめた。ヨーロッパからアフリカまで、外交畑の仕事で世界の各地に住んだ内田氏は、平和への祈りを心にこめ、文字どおり俳人としての人生をおくった。氏の俳句は、いつも自然が普通の俳句以上に全面に出ているような気がする。

「人々に感動を与える主体はあくまで自然そのものであって、俳人はその感動を人々が広く共有するようにと、巧みな表現を工夫するだけだ」というのが、氏の俳句観だった。

　また一つ栗の落ちゆく光りかな

こんな、いかにも自然に「自然」の与える感動をつたえる多くの俳句を氏は残している。そのいずれも、自然な、素直な、すっきりとした詠み方で、嫌みや技巧のない作品が多く、「無理しない」片意地を張らない人生を送った内田氏らしい。

　天国はゆかん手ぶらにさわやかに

とは、氏がバチカン在住のときに詠んだ俳句であるという。

この世の世俗的業績なり功績は、天国にもってゆくべきものではない。信仰の心と自然な生き方だけが自分の身についたものとして大切なものだ、そう内田氏は思っていたのだろう。

（２００９・11・２）

山芋も最近は、栽培されたものがほとんどだが、地方によってはまだ自生のもの、いわゆる自然薯または自然生とよばれるものがあるようだ。一説によると、都心の御所の庭にも生えているという。

この自然生の名前を冠したＮＰＯ法人「自然生クラブ」が、つくば市の郊外にある。

ここでは、知的障害をもつ人々が集まって、共同で有機農業を営み、特別の販売ルートを開拓して、農作物を消費者に届けている。

それだけではない。そこに生活する人々は、絵を描き、田楽の舞を踊り、現地の人々のみならず、国際的にも交流している。

地域の人々とのつながりを重視しながら、なお広く国際的に目をひらき、その上、みずからのハンディを克服するだけでなく、そこから一般人以上の創造力と身体表現力をひきだしている。こうした人々、そしてその人々を助け、また共に活動している人々の目や顔には、何ともいえないほほ笑みと静かな充足感がにじみでている。

自然生クラブの人々の踊りを見ていると、中心で踊っている人の周りで静かに立っていたり、腰をかがめている人たちの顔に浮かぶ表情が、いたって自然なことにきづく。

そこには、普通の劇場の優秀な演出家がいくらがんばっても通常の俳優から引き出せないような、ある種の一体感と自然の連帯がにじんでいる。

そうした感覚、ある種の不思議なハーモニー。それは、遠い昔に、私たちがどこかで忘れ残してきたもののような気がしてくる。

自然生クラブの活動は、障害者のためでもあると同時に、実は、多くの人々の心のなかに沈んでいるものを発掘するためでもあったのだ。このクラブの責任者の柳瀬敬氏は、クラブの活動を、「心の考古学」とよんでいる。

（２０１０・３・８）

朝鮮白磁と朝鮮統治

今年は二〇一〇年。日本が朝鮮半島を「併合」し、植民地化してからちょうど百年にあたる。折から「柳宗悦《やなぎむねよし》没後五〇年記念展」と名づけた朝鮮白磁の展示会が、宗悦ゆかりの日本民芸館（東京都世田谷区）で開催されている。

宗悦は、朝鮮の陶磁器はじめ朝鮮の芸能研究と民芸品の収集事業を通じて、朝鮮文化の「美」を世に紹介した人として知られている。

また宗悦は植民地支配にあえぐ朝鮮民族に同情の念を寄せ、朝鮮の民族文化の保存に努力したばかりでなく日本の朝鮮統治のあり方についても直言してはばからなかった。

韓国王宮の象徴でもあった光化門が、朝鮮総督府の建物新築のために取り壊されそうになったとき、その保存運動を展開したのも宗悦であり、また、一九一九年の、三・一独立運動の際、間接的表現ながらも朝鮮民族の気持ちを理解すべきと訴えたのも、宗悦であった。

また、宗悦は、すぐれた感性によって朝鮮白磁の白い色のなかに朝鮮民族の悲哀の結晶と民族の心をよみとった。

しかしその宗悦に対してですら、韓国人の評価は、かならずしも全面的な共鳴と敬愛の気持ちばかりではないようだ。一部には、宗悦が白磁に悲哀を見たこと自体、(宗悦自身が個人的には意識していなくとも)そこに、日本の植民地支配に都合のよいような感覚、すなわち自立心がうすれ悲哀に生きる韓民族の姿を見る感覚が宿っていると見る向きもある。

日本人なりの感性による他民族の芸術の鑑賞にまで、反植民地のイデオロギーをもちこむことはいかがなものかとも思われる。

そもそも白といえば、陶磁器や衣服に、白をうまく活用する韓国人の伝統の根底に何があるのだろう。展示会場を巡りながら、ふと天の宗悦にあらためて聞いてみたくなった。

(2010・4・19)

平和と文化

京都や奈良を米軍の本土空襲から守ったのは、京都や奈良の文化であったことはよくしられている。また、第二次大戦のヨーロッパ戦線では、ナチ軍がパリへ進撃するにあたって、ドイツの将軍がパリ砲撃を控えたことも、これまたよく聞く話である。ユネスコの世界文化遺産の指定も、そこに軍事施設を造ってはならないことになっているというから、まさに人類全体の文化財の保護は、戦争目的をこえた人類共通の守るべき論理ということなのだろう。

元よりこの論理は、いつも有効に働くとは限らない。アフガニスタンのバーミヤンの仏像が、イスラム「過激派」によって無残に破壊されてしまったことは記憶に新しい。

しかし、それだからこそ、文化を守り育てることこそ戦争の惨禍を少しでも小さくするという考えを広く人々が共有すべきだろう。

軍事力による侵略の抑止という考え方は、論理としては分かるが、人間の知性や合理的計算にだけ頼る面があることは否定できない。人間の「知性」ではなく、むしろ「感性」や感情、すなわち、頭ではなく心に訴える平和活動も重要だ。

ソフトパワーなどと難しいことをいわないで、有形文化財はむろん、無形の文化財を含めて、文化を守り育てるという「気持ち」を共有することが、平和への第一歩であることを、もう一遍あらためてかみしめる必要がある。それに、よく考えて見れば、絶対戦争をしないという考え方も、人間の生きざまと思えば、そのこと自体、一つの文化ではあるまいか。

例えば四百年以上も戦禍をこうむらなかった金沢市は、百万石の城下町の武家文化であると同時に、市民の文化生活を援助して武力に力をそそがないことを示した「平和の文化」があったとも言えよう。

（2010・8・16）

ある恩返し

紙の箱や透明の紙袋に入ったスナック菓子は、銀紙のようなすべすべした膜に裏うちされた色とりどりの紙に包装されて入っていることが多い。

こうしたお菓子やスナックの「紙」は見た目にはきれいだが、いったん捨てるとなると簡単に「水に流してしまう」わけにはいかない。そのためゴミの回収が近代化されていない国々では、こうしたスナックの包装紙が下水や排水溝をふさぎ、環境汚染の原因にもなっている。

ところが、フィリピンで、そうした紙を回収して消毒し、紙の色彩としなやかさを活用して独自のデザインをほどこし、鍵入れ、財布、文房具などに作りかえて売り出しているグループがある。ＮＰＯ（特定非営利活動）法人ＡＣＴＩＯＮだ。

このグループのユニークなところは、こうしたスナックの包装紙の回収とその紙を使った製品の組み立てを、フィリピンの町の主婦のアルバイトに委ねていることだ。

このアルバイトは、その収入が子供の教育費の足しになる上、活動を通じて家族や町の人々の環境美化意識の高揚にもつながっている。しかも、日本の高級ブティックや百貨店で販売されるグッズは「エコミスモ」という名のブランドをもち、それからの収益はフィリピンの孤児や障害者教育にも使われていると聞く。

これら全ての活動は、横田宗《はじめ》さんという若いリーダーと事務スタッフ三名によって支えられている。横田さんは、高校時代に復興支援のボランティアとしてフィリピンを訪れ、助けるつもりの自分がかえって助けられたことに思いを深くし、恩返しのつもりで事業を始めたと聞く。

その横田さんは、自分がこうした事業に人生を捧げようとすることにはじめはためらいを隠さなかったが、最後は快く賛同してくれた親族への恩返しとも思っているという。

（２０１１・４・４）

死者の導き

細身の、いかにもインテリらしい姿態、どこか身なりに無頓着な雰囲気、眼鏡の奥に光るまじめな目つき―全ては、高校の女性教員、それも背筋を伸ばしてきちんとした姿勢で生徒に話しかけるようなムードをたたえた女性。

そんな女性が実は、卒業論文にカミュを論じ、外務省に入って外交官となり、フランスの超エリート校の国立行政学院に入学して研修、やがて本業に就くと、サミット（主要国首脳会議）のお手伝いからカンボジア和平、さらにはミャンマー、韓国勤務までこなして将来を嘱望される幹部候補生の一人となった。

その一方、この女性は、名前の妙子から皆に妙チャンと呼ばれるような気さくなところを持ち、自分はお婆チャンに育てられたから本当は甘えっ子なのよ、などと言いながら案外世話女房的な仕事も厭わなかった。

独身で通した彼女は、ある時、自分にとって結婚は結局雨の日の駐車場でした、と笑いながらつぶやいたことがある。駐車場で車を止めようとすると入り口には空きがある、しかし雨も降っているので奥の建物の近くの空きを探そうとぐるぐる回っているうちに、気がつくと入り口の脇の空きもなくなっていた―というのである。

その妙チャンが、先日五〇歳代半ばで急逝した。妙チャンの追悼会やしのぶ会は故人や親族の意向もあってか、まだひらかれていない。しかし、妙チャンの勤務したミャンマーの伝説によれば、この世はいろいろな精霊が空中を飛び交っており、迷いや苦しみに悩む人々を精霊が導いてくれるという。妙チャンもきっとその精霊の一つとなって東日本大震災で亡くなられた善男善女の精霊とともに、生きる者を導いてくれるのではないかと祈念している。合掌。

（２０１１・４・11）

人生劇場とは

「人生は劇場である」という言葉は、シェークスピアの「マクベス」から日本の演歌に至るまで、よく聞く表現である。

しかし、人生が本当に劇場であるとしたら、人はいつも何かの「役」を演じていることになる。かわいい子役、元気な青年の役、しがないサラリーマン役、ちょっとドジな恋人役、むっつりおやじ役、空いばりの部長役云々と数えてゆくと、案外、人は各々の「役」をなんとか演じているうちに人生を終えるともいえる。

その場合、「役」を演じている裏側にある本当の生身の人間はどんな人物なのだろうか。それとも、そんなものは存在しない、人間はいつも何か「役」を演じており、それに表も裏もない、それが全てだというのだろうか。

そんな疑問をふと考えてみる契機になったのは、昨年末に八六歳でなくなった女優、高峰秀子さんが、三〇歳代の時に書いたエッセイをあらためて読んだからだ。このエッセイは俳優として高峰さんが映画の中の「役」をどう考えるかについて語ったものだ。

「役をうまく演ずるには何よりもシナリオを何遍もよく読み、その人物の性格を頭に入れる」と高峰さんは言うが、その過程で自分の想像力を十分いかす必要があり、そしてその役に自分を押しこめ、それを演じきることが大切だと言っている。

逆に自らの身体や顔や性格、すなわち女としてあるいは人間としての「個性」をできるだけ出しきって自分らしさを発揮しようとしてはだめだというのだ。

エッセイの最後で高峰さんは言う、「自分が感動することと、他人を感動させることとは、はっきり別のものである」と。人生劇場において自分が感動していては真の人生劇場にならないということなのかもしれない。

（２０１１・５・９）

白毛女の「翻身」

父親の借金のせいで地主に連れ去られて奴隷並みに働かされる貧農の娘、喜児《シーアル》。反抗と拷問の生活の果ての逃亡。山の洞窟にこもった喜児は、真白な長い髪をたらした野獣のような白毛《はくもう》女《じょ》になって、人々に恐れられる。

やがて新しい時代の波が村を変えた時、かつての恋人と再会した白毛女は「怪獣」から普通の娘に戻って結婚する―あらましそんな筋道の「白毛女」は、中国の古い民話を基に作られた「革命劇」としてオペラ、演劇、舞踊などのテーマとなって世界中に知られている。

その白毛女を、舞踊歴六十年の森下洋子さんが先日、東京渋谷のオーチャードホールで演じた。森下さんのしなやかな、年齢を感じさせない活き活きとした身体の動きと、長年の鍛錬と経験から来る成熟した優雅さとが調和して、いかにも白毛女らしい演技だった。

喜児のたどった、苛酷な運命とそれに対する忍耐と反抗、動物に近い存在にまで変身することによって日常性を打破し、過去から脱却していった姿。そしてその過程の中で、霊的ななにかをつかんで「翻身」を実現した白毛女の半生は、大災害に遭遇した直後の日本での公演だっただけに、時節柄見るものに深い思いを呼び起こした。

外部からやってきた災難と苛酷な運命は、個人個人として、また集団として忍ばねばならぬ。

しかし、忍ぶことによって実は我々はありきたりの平穏な生活、すなわち日常性から少しずつ脱却し、新しい何かをつかもうとするのではなかろうか。あるいはその過程で、自然のうちに何かが心の中に新しく植えつけられることもあるだろう。

思えば、森下さんは広島が被爆した三年後にその地で生まれ育った人だ。森下さんの舞踊歴自体、これまた一つ、「翻身」のドラマだったのではあるまいか。

（2011・5・30）

演ずる人と観る人

演劇、音楽、スポーツ、いずれを取っても、見る方、聞く方と演ずる方、競う方との間には、隔たりがある。隔たりがあるからこそ、一方は演じ、一方は拍手することになる。

そして、とかく見る者と演ずる者は、お金をはらって楽しむ方と、成果なり名声なりを求める方とに二分されがちだ。観客は、熱狂し拍手して楽しむか、それとも、不服を言ってすねるか、どちらかとなり、演者や選手は、自己のベストを出すようエネルギーを傾けるのが常となる。

しかし、それだけだろうか。演ずる者と観客の間に他の関係はないのだろうか。

二十年余り続いた「東京の夏」音楽祭を組織して、世界の民族音楽の普及に努力したピアニストの江戸京子さんに、音楽祭の歴史を振り返って、始めと終わりで何が一番変わりましたか、と尋ねると、江戸さんは、ためらうことなく言った。「何と言っても、観客の見る目というか聞く耳というか、鑑賞眼が格段に向上しましたね」と。

一九八八年のソウル五輪のメダリスト、シンクロで世界を沸かせた小谷実可子さんの見方でも、スポーツ競技に出る人と見る人の関係は、やはり微妙な面があるらしい。

たとえば、一部の観客の興味にあわせて、シンクロの演技を水中カメラで映し出すことをどう見るかだ。競技の優劣が本来、水の中ではなく水上の演技だけで決まるシンクロで、競技者の水中の姿まで観客に映し出すとなると、それに選手が気を使い、結局シンクロ競技そのものの形に影響するかもしれないからだ。

そうするとスポーツにせよ、演劇、音楽にせよ、観客と選手や演者との関係は、二分されたものではなく、実は、相互に微妙に影響し合っており、そこをどう見、また見せるかはイベントの一部かもしれぬ。

（２０１３・４・22）

真の「ニホンジン」

カレン・ヤマシタさん。米国で多くの賞を受けた、日系三世の作家であり、移民研究に従事する学者でもある。

そのヤマシタさんは、東京都内の講演で、みずからの家系図を示しながら、自分は、血統からいえば純粋な日本人であるが、米国生まれの上、ブラジルに十年も住んだこともあって、日本の習慣や文化的伝統には程遠い存在だ、と語った。

国籍から言えば米国人、血統から言えば日本人、文化的には多分に北米プラス南米型だ、という。

同じ講演会に出席した中国系の米国人は、日本における外国人移民は、聞き取り調査の結果では、概して日本が好きであり日本社会を肯定的に見ているが、自分は日本人にはなれない、と思っている人が多いと言う。それは、日本人には日本人たることの特有の「証拠」が必要で、その証拠は、なかなか作り難く、また、あえてそうしたいとも思わないからだそうだ。

こうした議論の背後には、日本人らしさとは、一体何かという、よく問われる問題が潜んでいる。

多くの人々は、日本人の親から生まれたかいなかの点、すなわち血統で考える。人によっては、それに加えて日本語が母国語である、といった「文化的」要素を含めるかもしれない。

しかし、よく考えてみると、日本人らしさとは、所詮文化的、社会的に「作られた」観念であるから、その観念を貴重なものとして認めている人ならば、何も、血統だの日本語だのとこだわらなくも、よいのではないかという気もしてくる。

先場所の相撲で、日本人横綱の実現を望む人が、白鵬関の敗北に拍手したというが、日本人横綱とはなにも、血統的に日本人である必要はあるまい。相撲の伝統を尊び、日本社会にとけこんでいる白鵬こそ、真のニホンジン横綱と思うべきではあるまいか。


（２０１３・12・16）

少女趣味の行方

ピカソが、二〇世紀最後の巨匠と呼ぶほど激賛したと言われる画家バルテュス（本名バルタザール・クロソフスキー・ド・ローラ）。フランスに生まれ、イタリーで活躍し、晩年はスイスで画筆を振るったバルテュスは、着物姿のよく似合う日本婦人を伴侶としたこともあって、わが国にはファンも多いようだ。

バルテュスは、若い時代に正規の美術学校に通ったという経歴がないようで、そのせいか、見る人によっては、バルテュスの絵画は、どこか素人ぽいと感じることがあるかもしれない。

それに、そもそも、バルテュスの絵の題材の問題がある。バルテュスの多くの傑作は、少女の像であり、それも、スカートがめくれていたり、胸が開いたりした「チラリズム」に満ちている。そこが、少女を一層あどけなく、また、素直に描いているとも言えるが、同時に、ある種の「倒錯的」薫りを感じさせる。

少女に対する特別な見方や感じ方は、実は、ある意味で、きわめて日本的ともいえる。日本ほど、少女趣味、少女マンガ、少女小説といった言葉が乱れ飛び、多くの女子大や女子高校が存在し、宝塚歌劇団のような「少女の夢」の対象が、いつまでも残っている所は、なかなか世界に見つけ難い。

これは、一人前の「女」になる前の段階のある種の「夢」を、当の少女本人だけでなく、周囲も大事にしようとするからではないか。

少女は純粋ではあるが、同時に未熟であり、しかもそこに女の性が、本人にも意識されないままに宿っている。これを巧妙に見たり、描いたりすることに魅惑を感じたとしてもおかしくない。問題は当の少女たちが、そうした社会的風潮を利用して、金儲けや売名行為に走ることをどうするかだろう。

（2014・5・12）

思考のレシピ

国公立大学の学長となると、女性の学長は極めて数少ない。その一人、お茶の水女子大学の羽入佐和子学長は、哲学を専攻した学者であり、ドイツのハイデルベルク大学教授で精神医学と哲学をいわば融合したことで知られるヤスパースの専門家でもある。

その羽入学長が、最近「思考のレシピ」という書物を出版した。ハンディーで分かりやすい書物だが、巻末にはソクラテスからハイデガーまで、著名な哲学者の略歴がならんで書いてあることからも想像できるとおり、一見易しい文章の中身を真剣に読み出すと考えさせられることが多く、そこいらのハウツーもの（実用学習書）とは趣が全く違う。

実は、この本は副題が「自分が自分であるために」となっていることからも分かるが、己みずからを知るための「哲学的」思考法あるいは処方箋（レシピ）を解説したものだ。

レシピの始まりは、ニーチェの言った「自分は、自分にとってもっとも遠い存在である」という言葉かもしれない。自分を知るということは、他人を知ることよりも難しい。ではどうやって自分自身を知ることができるのか。

まずは、孤独であること、あるいは、自分が孤独であることに気付くことが出発点だという。

ただそこからが問題だ。孤独のなかにはまりこんでいてはどうにもならない。他者との貴重な出会いがあって、コミュニケーションをしているうちに、自らの姿が次第に見えてくるという。そうなると、一期一会の出会い、偶然の遭遇のなかに、自己発見の鍵が潜んでいることになる。お茶の水女子大の学生たちは、そうした出会いを大切にする教育を受けているとしたら、「××料理のレシピ」などの何百倍の価値のあるレシピを学んでいることになるのだが…。

(2014・7・14)

目線はどこに

目は口ほどにものを言い、といわれる程で、目線、視線、目の配り方は、言葉以上にその人の感情や意思を伝える手段となる。

また、目線の位置は、対人関係での各人の姿勢を示す象徴的な意味ももつ。政治や行政で、「国民ひとりひとりの目線」などという言葉が使われるのも、そうした意味がこめられているからだろう。

剣術や居合などでも目線は重要で、相手の目を見ることが重視される。したがって、時代劇映画で、スターの主人公が相手を斬った後、格好よく中空をにらんで見栄をきるなどということは、本来邪道であろう。なぜなら、斬られた相手は、いつ何時必死の反撃を加えてくるかもしれないから、目線はかならず倒れた相手にそそがれていなければならないはずだからだ。

目線で一番難しいのは、舞台での舞踏などでの目線ではあるまいか。

二〇一一年に芸術選奨文部科学大臣新人賞を獲得した新進気鋭のバレリーナ小野絢子さんは、「眠れる森の美女」への出演にあたって、つぎのように語っている。

「私はバランスをとることを優先させていましたが、（演出家に）ちゃんと相手を見なさいと言われて、はっとしました。近くのものを見るとバランスが崩れやすく、ダンサーによっては一度も（相手の）男性の目を見ないでやっている人もいるくらいです」（新居彩子さんとのインタビュー記事）

こうしてみると、歌舞伎や能やオペラ、バレエなど、舞台芸術に出演する人々が、どういう場面でどういう目線をとるかは、簡単な問題ではない。それだけに、そこにも観客の鑑賞眼が向かなければならないだろう。

真に大事なのは、眼球ではなく心の眼であるということだろうか。

（２０１４・12・８）

おもてなし精神とは

二〇二〇年の東京五輪や外国人観光客の誘致などと関連して、昨今よく「おもてなし」という言葉を聞く。

一見、おもてなしの心とは、親切、丁寧に人に接し、サービス精神旺盛につとめる、それもどこか優雅さを保ちながら行うことのように思われがちである。もとより、そうした、ゆきとどいたサービス精神も、おもてなしの心の一環ではあろう。しかし、真のおもてなし精神とは何であろうか。

それを深く考えさせる契機ともなった催しが、本紙でも最近報じられた「信州おもてなしフォーラム」である。この会合で、英国ウェールズ出身で黒姫高原在住のC・W・ニコル氏がおもてなし大賞の表彰を受けたが、その直後、ニコル氏は、ある英語の新聞紙上に長文の論説を寄稿し、おもてなしの心を論じている。

そこでニコル氏は、真のおもてなしとは、分かち合う心と行為だとし、「何もありませんが」という言葉こそ、(本当は用意周到に準備された料理でも)特別の接待ではなく、自分たちと同じものを分かち合うという心を伝えるキーワードだと言っている。

また、おもてなしがなぜ日本特有のものかについて、日本ではそうした礼儀やマナーが一種の社会的規範となっている点をあげている。

ニコル氏はそれ以上は論じてはいないが、おもてなしが社会的規範となるためには、だれにでも分かり実行しやすい「形」がなければならない。

よく日本の礼儀作法を形式主義と批判し、もっと自由な、素直なおもてなしこそ大事だという人がいるが、その議論は、おもてなしの心を社会的規範とすることの重要性を軽視しかねない議論だ。他方、形式を守ることに汲々としてマニュアル人間になっては、「表無し」、即ち、真のおもてなしの「裏」になりかねず、難しいところだ。

（２０１５・３・16）

逆教育

昨今、「逆（リヴァース）○○」という言葉がはやる。

家を買うために借金をするのではなく、一定の金を定期的にもらうために持ち家を担保にする逆抵当（リヴァース・モーゲージ）。通常の差別対策のため却って不利益を被る逆差別。普通の通勤と違って、都心から郊外へ通勤する逆方向通勤（リヴァース・コミューティング）などなどだ。

教育の世界でも、逆教育という表現がしばしば使われるようになっている。たとえば、障がい者の五輪大会ともいえるパラリンピックの理念の普及、教育活動においてだ。

先週日本を訪問した国際パラリンピック委員会会長のクレーブン氏は、小学校低学年用に開発されたパラリンピック教材の発行を祝した演説のなかで、子供たちこそパラリンピックを知ってほしい、そうすれば、子供たちが、その親にパラリンピックの魅力を伝え、親がそれに感化される。年長者が子供に教えるのではなく、子供が逆に教えるという「逆教育」（リヴァース・エデュケーション）こそ最も効果的な普及、教育活動だ、と強調した。

人種差別や障がい者差別といった感情は、子供のころから定着するおそれがあり、そうした傾向を考えると「逆教育」の意義はなおさらだ。昔から日本では「負うた子に教えられる」という言葉があるように、大人が子供から教えられることも多い。

そもそも、「教える」という行為は一方的なものではあるまい。相手に理解せしめるためには、相手を知り、また自分自身をよく知らねばならない。相手に教えることを通じて、実は、自分を一層知ることになり、それこそ「教えられる」ことだろう。

そう考えると、「教育」にはもともと「逆教育」という概念が入っているといえるのではなかろうか。

（2017・2・27）

「見る」音、「聞く」絵画

絵画は見るものであり、音楽は聞くものだ、我々は普通そう思って暮らしている。しかし、聴覚に障害があり、音の聞こえない人々が、音楽を楽しむことができるのだろうか。

もとより、頭のなかに絶対音階の感覚が鋭く存在していれば、晩年のベートーベンのように、耳で聞こえなくとも、作曲はできるし、自分自身の音の世界を楽しむこともできよう。しかし、そうした感覚を持たない人々はどうなるのか。

最近、東京芸術大学の学生による楽団が、東京のとあるホールで演奏した際、聴覚に障害のある児童たちがまねかれた。子供たちは、楽団員と一緒にステージに上り、楽団員の間にはさまって座っている。演奏がはじまると、子供たちは、目の前の楽団員の動作や、伝わってくる振動によって、音楽を感じとってゆく。

この試みを実行し、楽団を指揮したのは、最近亡くなった作曲家、松下功芸大副学長だった。松下氏は、一九九八年の長野冬季五輪大会のために、オペラ「信濃の国・善光寺物語」を作曲したり、長く「ながの音楽祭」の音楽監督をつとめるなど、長野県とも縁が深く、氏を悼む人々の声は、本紙でも伝えられた（九月一九日付朝刊）。

松下氏は、近年障害者の芸術活動に深い関心をよせ、聾唖《ろうあ》者に音楽を、という先程の企画のほか、視覚障害者に美術鑑賞のきっかけを与えようと、音と光との複雑な交錯によって、音による絵画鑑賞の試みを実行したいとも語っていた。また、東アジアでの音楽交流にことのほか熱心で、「わたしは未来」という小中学生向けの歌を作曲し、日本語、中国語、韓国語の三カ国語で、三カ国の生徒たちが合唱する機会をつくった人でもあった。

氏の功績は、目に見えぬところ、耳に聞こえぬ所までも及んでいるといえる。

（2018・10・1）

全米オープンの真の勝者

先般、テニスの全米オープンで、大坂なおみ選手が、日本勢として四大大会シングルスの初優勝を果たしたことに日本中が沸いた。

しかし、この試合は、相手のセリーナ・ウィリアムズ選手が審判に罵詈雑言《ばりぞうごん》をはく乱暴な抗議行動に出て、同調した観衆がブーイングをあびせ、勝った大坂選手が涙ながらのスピーチをしたことから国際的話題となった。

この試合は、日本人にとって少なくとも二つ、大きな教訓を与えている。一つは、日本人の

「多様性」である。日本語を使い、黒髪に黄色い肌、漢字の姓名などの特徴を持つ「日本人」像は、今やくずれつつあり、多種多様な「日本人」が出てきていることにあらためて気づくからである。

新しい沖縄の知事もデニーという名前だ。こうした現象は、野球、サッカー、相撲などにかぎらず、政界などにおいても伝統的日本人像にこだわる時代ではないことを意味している。日本の「伝統」は大事だが、だからといって「日本出身横綱」にこだわることもない（長野県人の御嶽海支持はまた別だろうが）。

他方、米国の観衆（それも白人が多かったように見えた）が、黒人のウィリアムズ選手を「わが米国」の代表として熱狂的に応援し、大坂選手にブーイングしたのは大人げないが、見方を変えれば、さすが多民族、移民国家の米国であり、内部では割れても、外には「米国第一」で頑張るアメリカ精神の発露ともいえる。

しかし、この米国第一主義は、トランプ大統領を生んだ現代アメリカの「狭い心」の発露でもある。それは、大坂選手をして、「皆さんの期待通りにならなくてごめんなさい」と謝らせる因となった。そして大坂選手は、自分の勝利よりも観客が来てくれたことに謝意までのべた。これぞ日本精神。試合の最高の勝者は実は「和の心」だったのだ。

（２０１８・10・22）

心のこもった「日中友好」

一〇月下旬、中国北京で、日中両国の経済人、ジャーナリスト、政治家などが集まって、広く日中関係を論ずる会議があり、私も出席した。

議論の一つの焦点は、両国国民の相手国に対する感情のずれの問題だった。中国人の日本に対する好感度が近年高まっているのに対して、日本人の中国への好感度は逆に低下している問題だ。その理由の一つとして、従来「日中友好」という言葉が、とかく政治的に利用されてきたため、そこにある種の不自然さがあり、その不自然さが今や表面化してきたにすぎないという意見もあった。

「日中友好」という言葉は、政治的命題を超えて、真に両国民の胸に宿る「心の命題」でなければなるまい。そのことを、いまさらながら思い出させてくれる行事が、会議の後の夕食会で展開された。

そこでは、中国在住の日本人ピアニスト、瀬田裕子さんが、美しいピアノ演奏を二曲披露してくれた。一つは、中国の伝説上の恋人同士、祝英台と梁山泊の物語を音曲にしたもので、いわば愛の曲だった。もう一つは、日本の童謡「赤とんぼ」だった。

この二つの曲が選ばれた背景には、瀬田さんとバイオリニストで中国人の夫、盛中国氏との間の、愛と追悼の物語があった。

そもそも盛氏の中国という名前は、氏の父母が重慶に住んでいたころに生まれたことに由来している。日本軍との苦しい戦いに明け暮れていた祖国を目の当たりにして、父親は、国の将来への希望をこめて、息子を「中国」と名付けた。

日中戦争の傷痕を背負った盛中国氏が、日本人女性と結婚したことは、いわば、日中友好精神のシンボルでもあった。その盛氏が先年亡くなる前に愛唱していた曲が「赤とんぼ」だった。

まさに、心の日中友好を象徴する夕べだった。

（２０１９・11・18）

森英恵さんの愛国心

最近亡くなった世界的デザイナーの森英恵さんの思い出は尽きない。

もう取り壊されてしまったが、丹下健三氏の設計になる東京・表参道の森さん所有のビルの中にあったフランス料理店で、在京フランス大使と一緒に会食したことがあった。森さんは飾らず出しゃばらず、それでいて静かな存在感を示していた。

赤坂のカナダ大使公邸裏にある森さんの私邸では、中東専門の学者夫妻を囲んだ夕食会などが催されて、森さんの知人の範囲の広さに驚いたこともあった。

森さんは、日本の皇后、モナコのグレース王妃、女優のソフィア・ローレン、ヒラリー・クリントンなど多くの著名人の衣装デザインを手がけたほか、オペラ「蝶々夫人」、バレエ「シンデレラ」など舞台衣装も手がけたといわれるが、いつも、日本の心を失わない人だった。パリでの能楽公演の衣装を受け持ち、バルセロナ五輪の日本選手団の制服をデザインした背景には、森さんの大和魂が宿っていたように思える。

それというのも、パリでのバレエ「シンデレラ」の公演後の懇談で、シンデレラの物語はどこか第二次大戦後の日本を思わせるところがあって…といった趣旨を森さんはつぶやいていたからだ。

敗戦後の東京で進駐軍の軍属の夫人向けの服を作り、その後、ニューヨークの下町で日本のブラウスが一ドルで売られているのにショックをうけた森さんは、ファッションの世界で「日本」を輝かそうと決心したといわれる。

森英恵のトレードマークともいえる「蝶」は、日本の繊細さと、隠れた力と、そして世界への躍動を象徴していたように思える。

筆者が駐フランス大使の頃、「大使は日本を代表していただいているのですから」と励ましの言葉をかけてくれた森さんは、実は誰よりも日本美のセンスと大和魂を持ち、世界を飛び回る親善大使であったのではなかろうか。

（２０２２・８・29）

雪の資源論

今年の冬は、大雪に見舞われた所もあり、道路での車の立ち往生、停電、さらには雪かきでの負傷など、不便も重なった。まさに雪は災害の因となりがちであり、高齢者や障害者にとっては心理的にも厄介な存在だ。雪女という妖怪伝説も、雪に閉じ込められた閉塞状態の恐怖心から出たものだという。

しかし、「雪博士」として著名な故中谷宇吉郎氏に言わせると、「雪は天から送られた手紙」だという。顕微鏡であまたの美しい雪の結晶を研究した博士らしい言葉だ。

中谷氏はまた、米国を旅行して、山に積もった雪が春になると解け出して豊かな水となり、農作物を潤すので、まさに雪は貴重な資源であることをまざまざと感じたと記している。事実、下伊那の伊豆神社の雪祭りも、雪を豊年の兆しと見て、雪を尊ぶところから始まったという。

近年はさらに、雪を観光資源とみる人も少なくない。北海道のスキーリゾートなどは、日本とは夏冬反対のオーストラリアなどのスキーヤーに人気があるほか、なんと、スイスはじめスキーの本場の欧州でも注目されている。それというのも、北海道の雪は、欧州の雪とは雪質が違っており、その違いを楽しむのだという。新雪が密度を加えて「しまり雪」になるからなのかもしれない。

加えて日本では、雪見酒などといわれるように、雪は風流の思いを誘うもので、芭蕉も「いざ行む（ゆかん）雪見にころぶ所まで」などと詠っているほどだ。

雪はまた、札幌の雪祭りや和食の席などで、雪と氷の彫刻を楽しむ源でもある。そして、雪はロマンの因ともなって、ヒマラヤの雪男、アンデルセンの雪の女王など、人間を豊かな想像の世界に導く触媒となっている。このように考えると、雪はいろいろな意味で貴重な資源であり、雪害を抑えつつ、多いに活用すべきものなのかもしれない。

（2022・12・26）

ソウルの垂れ幕

尹錫悦《ユンソンニョル》韓国大統領の英断で、いわゆる徴用工問題や輸出規制問題に解決の方向が見えた。日韓双方の政府に沈殿していた不信感が解け、これに応えて岸田総理が韓国を訪問したことで、長らく暗雲に閉ざされていた両国の関係に光がさしはじめた。

しかし、韓国内の対日世論には依然厳しいものがあり、国民全体の対日感情を好転させるためには、今度は日本側が、積極的「英断」をうちださねばなるまい。しかしそれは、いわゆる過去の歴史の反省をさらに行うことではなかろう。では何をやるべきか。その鍵を探す意図もあって、先日ソウルを訪問した際、かつてのソウル市庁舎をとりまく広場に掲げられた垂れ幕に注目した。

一つの垂れ幕には尹大統領とバイデン米大統領の写真が掲げられ、「堅固な安保、堅調な経済」「韓米首脳会談、歴史的成功」といった文字が躍っていた。別の垂れ幕には米国と韓国の国旗が描かれ、「鋼鉄のような韓米同盟」「訪米成功歓迎」といった言葉が見られた。

こうした垂れ幕は、尹政権が外交上の「成功」を、政権の正当性ないし業績として強調しようとしていることを示唆している。これに応えることこそが、日本の対韓国外交上、もっとも重要なことではないか。

G7広島サミット（先進七カ国首脳会議）に韓国を招待したことも、その意味で意義深い。さらには韓国のTPP（環太平洋連携協定）加入を積極的に支持したり、日米、オーストラリア、インド四カ国の枠組み、いわゆるクアッドの会合に韓国も招請して、正式のメンバーでなくとも「4プラス1」を実現したりすることもできよう。

あるいは地球温暖化、再生エネルギー、感染症、災害対策など地球規模の問題について日韓両国の官民双方が共に討論する場「世界課題フォーラム」をつくることもできるのではないか。

（2023・5・22）

和解の「場」と国際交流

この夏、青少年の教育を支援するNPO法人が、善光寺の宿坊の協力を得て、長野市で舞踊の国際交流会を開いた。

この交流会では、日頃対立しているイスラエルとパレスチナの若者が、一緒になって踊りを披露し、相互理解の一助となった（信濃毎日新聞八月一七日付朝刊東北信面）。

こうした試みが、日頃対立している人々の和解への道しるべにつながったのは、双方の参加者自らが認めているように、日本という「非日常的」空間で舞踊交流という行事に共に参加したからである。

思い出すのは、世界的に著名なピアニストで指揮者でもあるユダヤ人のダニエル・バレンボイム氏だ。イスラエルとアラブ諸国双方の若者から編成されたオーケストラを率いて欧州を中心に演奏旅行を行い、イスラエル・パレスチナ間の相互理解の促進に努めてきた。

相対立する者同士が普段の生活空間を離れ、しかも音楽演奏という共同行動を通じて、少しでも和解の道を模索しようとする意図がにじみ出ている。

音楽ばかりでなく、類似の試みはスポーツ活動にもある。柔道の山下泰裕氏は、かつてエルサレムで、パレスチナ出身者とイスラエル人の子どもたち同士による柔道教室を企画し実現した。「初めて、敵対する相手と柔道をした」と選手たちは、語っていたという。

アラブとイスラエルの例ばかりではない。民族紛争の激しかった旧ユーゴスラビアを巡っては、諏訪郡下諏訪町出身の音楽家柳沢寿男氏が、対立するアルバニア系とセルビア系双方の音楽家の参加を得て室内管弦楽団を結成。演奏会を開き、紛争後の平和の定着に一役買った例もある。ここでも、第三者の日本人がつくり上げた普段とは別の場所での共同活動が、和解への触媒となった。

このような、小さな善意が大きな意味をもつ例が、信州で、日本で、世界で重ねられるよう祈りたい。

（２０２３・９・25）

2023年8月16日、長野市内で交流するイスラエルとパレスチナの若者たち。子どもの教育支援を行う東京都内の認定NPO法人の事業で、両国に伝わる踊りの練習を楽しみながら、お互いの理解を深めた＝23年8月17日付・信濃毎日新聞東北信面掲載（172ページ「和解の『場』と国際交流」参照）

第五章　世界ところどころ

過去を淡泊に見る目

十数年ぶりにベルリンを訪問した。富士山を形どったビルや新首相府の建設などで話題を呼んだ都市だけにさぞや変わっただろうと思いながら町に入った。

確かに所々新しいビルは建っている。しかし人々に生き生きとした感じはあまりなく、旧東ベルリン地区に至ってはまだまだ殺伐とした所も少なくない。通りや広場の名にもカール・マルクスだのマルクス・エンゲルスなどの名前が残り、社会主義、共産主義の源流はドイツであることを誇っているかの如き有様だ。加えて、一・五キロのベルリンの壁が、さまざまの絵と落書きと共に残されている。

裏に回ると、かつての東独のホーネッカー書記長とソ連のブレジネフ書記長が抱き合ってキスしているという醜怪な絵すら残っている。

僅かに壁の落書き風の絵に見られる「東京、日本地区への迂回」などという言葉が、時代の変化とユーモアを感じさせるだけだ。

しばらく車を進めると、かつてのナチスの秘密警察、SS（親衛隊）の本部のあった場所が、特別博物館になっているところへ行き当たった。瓦礫を残し、地下壕のようなところを利用してナチの台頭から崩壊までのSSの建物とそこに生きた何人かの人々の姿を写真で展示してある。

そこには気負いもなく、哀悼もなく、また悲愴感もない。ただ、淡々とした展示があるだけだ。現在の自分から完全に距離をおいて、過去を黙って、淡々として見ているドイツ人の姿には、どこか枯れた、あきらめとも反省とも淡い希望ともつかぬ、不思議な空気が漂っていた。

町を回って巨大な大理石の日本大使館の前を通る。

ヒトラーが三国同盟を祝して提供したといわれる広い土地に堂々と建っている大使公邸は、「第三帝国」の威容を秘かに象徴するかのようだった。しかし大使館の横を通る通りは、ヒロシマ通りと名付けられていた。

第三帝国の名残を残す日本大使館の側の通りをヒロシマと名付けることによって、ドイツはナチ時代の日本との不思議な紐の残骸を、平和への希求のシンボルに変えたかったのかもしれない。ここにも淡々として過去を見る目が宿っているように思えた。

（２００５・４・18）

永平寺で考えたこと

福井県永平寺町。新緑の深山に禅宗の名刹、永平寺を訪れた。

深い緑の杉の大木を背に、浅い黄緑の楓の葉が美しく光るのを見ていると、ふと、良寛の句

うらを見せ　おもてを見せて　散るもみじ

という句が想い出された。

良寛は一体この句によって何を云おうとしたのだろうか。

人間を紅葉にたとえ、人間の心には裏もあり表もある、人は表ばかり他人に見せていないで、自らの裏をも見せて生きるほど素直でなければならぬと云おうとしたのだろうか。それとも、表も裏も所詮同じ葉であることが、葉の散る時こそ鮮やかに見えるということなのだろうか。

しかし、よく考えてみると、もみじが散りゆく数秒間を人間の一生にたとえるとすると、人はある時には裏をつくろい、ある時にはうっかり（あるいはわざと）本心を見せたりするが、実はその双方ともその人の人柄を構成しており、どちらが本当のその人ともいえない、裏も表も実は人間の本性の両側面にすぎず同じものだ—そう良寛は云いたかったのだろうか。

夏は朝三時半に起き、掃除から読経まで厳しい修行を強いられる永平寺の若い修行僧は、実はその修行の間に自分自身の表の皮をはぎ、裏をひっくり返しておのれの本性を見定めようとするのだろうか。

昼行灯《ひるあんどん》とも云われてどこか鷹揚で人なつこいようなイメージをもたれがちな良寛和尚は、本当は、いつも厳しく自分を見ていたのかもしれぬ。

たとえ自分自身だけの前ですら自分の心を裸にして凝視することは意外と難しい。そう思って山門をあとにして門前の坂道を下った。するとある土産品屋に永平寺の十訓という掛け布が目についた。

十訓の一つに、「低くあるべきなのに高くなっているのは、人間の自己評価と気位だ」とある。なるほど散る紅葉には気位はない、おのれの本性しかない。

それが良寛の紅葉の心だろうと気づいて山門をふりかえると、楓の緑は日の光にほとんど白黄色にそまっていた。

（２００５・５・23）

歓喜天信仰いずこ

福井県三国町の名刹、瀧谷寺《たきだんじ》を参拝した折のことである。

平安時代に作られたという銅盤状の精巧な楽器（ないし鳴器）、あるいは室町時代に作られた天空の星座図など見るべきものが多かったが、お寺の一角に粋な芸者の絵がかかげられ、そこから急な階段が上の小部屋に通じているのが目についた。

階段の下には立ち入り禁止の竹柵があり、上の方へ上れないが、下からのぞくと役者絵などが階段の横に並んでいる。しかも段の入口の欄干には、れいれいしく赤い文字で「歓喜天」と書いてある。

たしか密教の守護神に歓喜天という名があったと思い、寺の僧侶に尋ねると、歓喜天とは「象の頭と人間の体を持った神で、普通腕をとりあう双身像として描かれる。夫婦和合の象徴とされている」とのことだった。三国は港町で、かつては色街も盛え、芸者衆も多くこの寺に参拝し、歓喜天を拝んだものらしい。

調べてみると、歓喜天は仏教と云うよりインド古来の神話に基づく説話に由来しているようだ。すなわち、観音菩薩が、女身に化けて、鬼（「歓喜」）に近づき、これを感化してしまったと云うのだ。だからこそ歓喜天は、性交の功徳や男女の和合につながるのだろう。そう云えば、歓喜団子などという団子も精のつく強精剤が入っていると聞く。

残念なことに、瀧谷寺の歓喜天の御堂は一般参拝者には今は閉ざされてしまっている。考えてみると、現代は性交の功徳や夫婦和合を祈念するに及ばないのかもしれぬ。現代社会は肉体的にはあまりにも自由、開放的であり、他方精神的には荒廃しすぎているとも云えるからだ。

もっとも歓喜天は姿を現代風に変えて、東京新宿の歌舞伎町あたりを徘徊しているのかもしれない。ひょっとすると、ビルの谷間の陰で若い男女の恋の運勢を占っている占い師は歓喜天の生まれ変わりと云われても不思議ではない。

事実、日の暮れる前から恋占いの所に長い列をつくっている若い男女の姿を見ると、歓喜天は、名を変えて現代に生きているような錯覚にとらわれる。

（２００５・６・20）

世界の食文化

世界の食文化というと、スシ（日本）、北京ダック（中国）、スパゲティ（イタリア）、タコス（メキシコ）、フォー（ベトナム）など、その国、民族、地方特有の料理や食材を頭に浮かべることが多い。

けれども、これらの食材の違いは、そこに各食文化のエッセンスがこめられているとしても、それ自体は食物であり、文化的特徴となると、どこかもう少し説明してほしくなる。

寄生虫学を専門とする科学者でありながら、チャーミングなホステス役を見事に務めるルイス・カバーニャス・メキシコ大使夫人に、メキシコ料理の夕食会に招かれた時、隣席のメキシコの婦人に、メキシコの食文化を一言で表現したら何でしょうかと尋ねてみた。

するとその婦人はすかさず、官能（センシュアリティー）ではないかと答えてくれた。どうしてかと聞くと、メキシコ料理は、マンゴーやパイナップルなどの熱帯性の果実をよく用いる上、色鮮やかなスパイスやトマトのような野菜を用いるので、味もピリっと舌を刺激し、色も目を奪うので官能的だと云う。

若しそうなら、日本の食文化の特徴は、美術的感覚だろう。見た目の美しさにかけては日本料理は恐らく世界一であろう。中国料理はと云えば、体の健康と結びついている点、云いかえれば食物が半分、薬の役割を歴史的に担ってきたところが文化的特徴ではないか。日本料理は文化的には美術であり、中国料理は健康法だとも云える。

ではフランス料理は、となると、これはワインだの、デザートだのと、もり沢山なことが示しているように、一種の娯楽であり、エンターテインメントではないか。

カレーを主とするインド料理となると、それは通俗的世界との断絶、すなわち、ある種の宗教的解脱の糧のような気がする。食べることの意味は、どこかで宗教的生活と結びついているような、ある種の精神性が感じられる。

さて最後にアメリカの食文化を一言で云うとどうか。それは恐らく食べること、腹を満たすことだ。だからアメリカではとりわけ食物の量を気にする。沢山食べること、それがアメリカの食文化だと云ったら怒られるだろうか。

（2005・7・11）

「攻心」の精神

マーボー豆腐やお茶で薫製（スモーク）にしたアヒル料理など、四川料理は広く世界に知られている。この四川料理の故郷である中国・四川省の省都、成都は、洛陽などごくわずかの都市と並んで、二千年来名前が変わっていないという点で中国でも珍しい都市の一つと言われ、その伝統にふさわしく、文化の都である。

顔に付けた薄い絹の面を次々と手品のようにはぎとって面相を変えてゆくことで著名な四川劇の中心地であると同時に、『三国志』の蜀の都でもあり、今でも劉備玄徳や諸葛孔明にゆかりの遺跡が存在している。

この成都の中心部に位置する武侯祠《ぶこうし》は、「昭烈」という諡号《しごう》（おくり名）をもらった劉備の墓がある場所であるが、広大な敷地の真ん中にある御堂には諸葛孔明がまつられている。黒い四川省産の木材を組み合わせて作られた、天井の高い建物だ。

この建物に入るところの両側の壁に、一つの格言が記されている。この格言の最初の部分には、「能攻心則反側自消」（人の心を攻めれば、その人は自らなびく）と記されている。軍事力や経済力で人を威圧したり、領土を制圧したりしていては、人々は本当にはなびかない、人の「心」をとらえてこそ人を治めることができ、それが政治の根本であるという趣旨と見受けられた。

そのせいか、この武侯祠においては、もちろん武官の像も並んでいるが、諸葛孔明以外の、あまり有名ではない文官の像もたくさん陳列されている。武官と文官がいわば同列に並べられているわけである。

劉備も、帝王の位に上ったが、決して武将として勇名をはせたわけではないことは『三国志』にも明らかで、「武」よりもむしろその「徳」がたたえられている。諸葛孔明も、やはり、あるときは徳、あるときは精神、あるときは策略によって、人の心を攻略する人物であった。

こう考えると、武侯祠全体として、現代にも通じるものを訴えているように感じられた。しかし、人の心をとらえるのはいつの時代でも難しい。現代の「攻心」は、いかなる手段、いかなる方法によったらよいのであろうか。

（2007・5・14）

街の魅力とは

観光都市としてのパリとローマを比較してみると、遺跡の見事さ、美術、彫刻、工芸、建築、さらには公園まで、やはりローマの魅力の方が勝っている。

それにもかかわらず、年間の観光客の数を比べるとパリの方が圧倒的に多いという。なぜか―。それは、観光用語で言う、リピーター（何遍も来る人）の数がパリでは多いため、年間通じての総数となるとパリがローマをしのぐことになるからだそうだ。

なぜリピーターが多いのか―。それはパリの街全体に、どこか特殊なムードがあり、美術、工芸、建築すべてがパリという街に凝縮され、ある特別の雰囲気をつくり出しているからだ。

どうして、そういった特別の「街のムード」がつくり出されたのか―。それは有名なオスマンとナポレオン三世の都市計画のせいでもあるが、同時に、建物が「遺跡」ではなく、現在の市民生活の一部をなしており、美術や彫刻も、装飾品や展示物とは限らず、レストランの一画、公会堂の片隅に、毎日の生活の一部として存在しているからだ。

いかに良い観光資源があり、いかにそれを宣伝しても、それだけでは街の本当のムードはつくれない。街のムードは、その街の人たちの日々の生活がつくり上げるものだ。現に、ファッションの都としてのパリは、高級ブティックがひしめいているから出来上がったわけではない。街を歩く一人一人のパリジェンヌが個性あるおしゃれをし、それなりの着こなしをし、日常生活の中にモードが生きているからである。

京都は、著名なお寺や庭園や料亭があるから人が集まるのではない。京都の人々の日々の生活の中に、何か京都らしいものが生き続けているからこそ人々は魅力を感じるのだ。

景観の保存、イベントの開催、遺跡の活用、美術館や音楽ホールの建設、そして交通網の整備―これらすべては街の魅力づくりの要素に違いない。しかし、一番大切な街の魅力は、市民一人一人の生きざまである。伝統と信念とそして新しいものを拒否しない余裕と進取の気風を持つ市民の心こそ一つの街の最大の魅力なのではあるまいか。

（2007・11・12）

登竜遺跡の謎

ベトナムのハノイに都が造られてから、約千年になるという。日本でいえば、源氏物語が書かれたころだ。

空に登る竜の姿を王様が夢に見た地に都を建てたという言い伝えから登竜《タンロン》の名がついたらしいが、本当のところは一種の風水説に基づく選択ともいわれ、いまだ謎のようだ。

この王宮の跡地は現在大規模な遺跡発掘事業の対象となっており、日本の考古学の専門家たちも発掘作業を支援している。

発掘現場の一角には、六メートルほどのれんがを内側にはめこんだ井戸がある。ベトナムの案内者によると、これは、安南都護府時代の井戸だという。

この遺跡は、陳朝、李朝の王宮やその前の建物など、何重にも遺跡が重なって複雑な様相を呈しているが、安南都護府がここにあったとすれば、遣唐使一行とともに唐に渡り中国の王朝の官吏となった阿倍仲麻呂が居た場所になる。

ひょっとすると仲麻呂もこの井戸の水を飲んだかもしれぬ、と思うと、何やら暗い底ににぶく光っている水が澄んで見えた。

ハノイ在住のある邦人にいわせると、阿倍仲麻呂が望郷の思いにかられて歌ったとされる、「天の原　ふりさけみれば春日なる　三笠の山に出でし月かも」という歌は、中国を去り日本へ帰国しようとする時にかの地で歌ったものではなく、実はベトナムで歌ったとみなすべきだという。いよいよ日本へ帰るという時に望郷の歌を歌うのも妙だ。

またハノイには三笠山に似た山もある…と幾つも理由を並べられて、しまいには、そうかもしれぬと思うほどだった。

登竜遺跡の発掘によって、遺跡をめぐる幾つもの謎とともに阿倍仲麻呂の歌の謎も解けるかもしれない。

（２００８・４・21）

薩摩の先進性

久しぶりに「薩摩の国」の史跡を訪ねる旅をした。

大河ドラマの篤姫ブームの余韻が残っており、篤姫の養父島津斉彬公の業績や、維新への薩摩人の貢献についての展示などにも、それが反映しているように感じられた。

そうした展示や記録を見ているうちに、今まで何度も鹿児島を訪れてきたにもかかわらず、かつては感得しなかったものを今度初めて認識した。

それは薩摩の実体は、幕藩体制下での一つの「藩」であったのではなく、実は「独立王国」に近かったということである。薩摩藩は、当時としては「異国」に近い琉球を事実上支配下におき、琉球を通じて中国や「南蛮」との貿易を行っていた。それればかりではない、薩摩は許三官、郭国安といった中国人をいわば「臣下」に加えていた。

徳川氏の全盛期には薩摩の「独立志向」も裏にかくれていたが、幕末になると一気に表面化した。一八六五年には禁を破って密かに十余名の藩士を英国に留学させ、六七年のパリ万博には日本を代表する徳川幕府の展示とは独立に日本薩摩太守として参加したのは有名だ。

薩摩が早くから諸外国の情勢に通じ、日本の未来を考え、改革と維新の旗頭となれたのは薩摩が中央から独立して、独自の国際感覚を養ってきたからであった。その意味で薩摩は「藩」

ではなく、一種の「半独立王国」であった。

今日、北海道や沖縄が、いろいろな問題について中央とは違った立場をとることがある時、それが単に地域の利害への利己的考慮ではなく、日本の将来を見すえたものであるならば、かつて薩摩が日本の明日を開く先導役を果たしたことを想起して、その違いの意味をかみしめねばならぬかもしれぬ。「辺境」はえてして、不思議な先進性をもつものだ。


（２００９・２・２）

歴史の法廷の判決

久しぶりに銀閣寺を訪れた。

月に見たてた一・五メートルほどの砂山、銀を敷いたような幾何学模様の銀沙灘《ぎんしゃだん》。ここの庭園は、まるでモダンアートのように近代人の美的感覚に迫ってくるものがある。

そして国宝東求堂。銀閣寺を造成した足利義政が寝起きした小さな部屋だ。床の間の障子を左右に開くと、開けた障子の幅だけ向こうの庭が、一編の掛け軸の如く浮かび上がる。障子の開け方次第で、この部屋の住人は自ら四季折々の「絵」を描くことができ、耳をすますと、庭に引き入れた水のせせらぎも聞こえる。

まさにここ東求堂には、義政の鋭い美的感覚が余すところなく結晶している。義政が銀閣寺で「美的」生活におぼれ、世の中から隠遁していた時、都はまさに義政自身が引き金をひいた応仁の乱による混乱のさ中にあった。京の覇権を狙う群雄、戦火に逃げまどう民衆、野望と混乱の中で「名をなそう」とする策略家。女性も巻き込んだ「武」と「政」双方の争いは激しかった。

しかし、そうした争いの残したものは何だったか。五百年後の今日、目に見える「遺産」は残っていない。その一方およそ名君とはいえなかった義政は、世界に冠たる銀閣寺を残した。「政治家は歴史という名の法廷の被告である」とはよくいわれる格言だが、歴史の法廷に引きだされた時、義政の功績は、多くの「名君」の業績をはるかに上回っているといえるかもしれない。

義政の住んでいた同仁斎は四畳半の間取りの源流ともいわれるが、この小さな空間に身を沈めた義政は、その美的感覚によって五百年後、千年後の世界へと続く巨大な時間の空間に生きていたのであろう。まさに銀閣寺は歴史の法廷の判決そのものではなかろうか。

（2011・5・23）

二条城で考えたこと

何十年ぶりかで、京都の二条城を参観した。いままであまり気に止めなかったが、深く考えさせられることがあった。それは、将軍が、諸大名を接見する部屋のことである。

いわゆる外様大名を将軍が接見する部屋と、譜代大名と会う部屋とは、はっきりと区別されている。それも、部屋が違うだけではなく、外様大名と会う部屋の裏には、警護の武士の控える武者所があって、何事か起これば部屋に進入できるようになっている。

それだけではない。部屋の模様が違う。外様大名用の部屋は松の図柄のふすまがおかれ、どことなく、厳粛な雰囲気をかもしだしている。ところが、譜代大名のための部屋は、桜の模様のふすまであり、暖かい親近感をただよわせている。

徳川時代にこうした、譜代と外様の扱いが、かくもあからさまに違っていたことは、何を意味するのか。

徳川幕府は、外様大名を信用していなかっただけではない。実は、外様大名はいつ反体制運動をおこすかもしれない存在だったのだ。いわば、現代政治におきかえれば、政府に対抗する野党である。

徳川時代にも、野党がいたと考えると、封建体制も案外、権力、とりわけ中央政府の権力を牽制するシステムが、それなりにできあがっていたと言えるかもしれない。

それだけではない。二条城には、もう一つ徳川幕府の権力を牽制するしきたりがあった。朝廷の勅使が二条城を訪れると、将軍は、下座にすわって勅使を迎えたというのだ。

ここには、将軍の権力も、朝廷の権威にはへりくだるという、将軍の権力と権威の分離現象がかいまみれる。

今日、政治権力に対抗できる権威は何か。それが「金」の権威では寂しい。また、外様に匹敵する、体制内の反体制派はだれか。それは、マスコミだろうか、新党だろうか。

（2012・1・23）

御室桜に思う

桜の花は散り際が良いと言われ、花は桜木、人は武士などと称されるけれども、やはり花見も終わってみると何となく名残惜しい。せめて名残をかみしめようと、遅咲きで著名な京都は御室《おむろ》の仁和寺の桜を、連休の直前に見にでかけた。

御室桜は、花の盛りの時期もさることながら、根元近くから生えた枝にまで花が咲き、樹の高さも人の背丈をやや越えるほどの低木であるところが特徴だ。花の付いている場所が低いため、普通の花見と違って、花見客は花を仰いで見たりせず、また、遠くから手をかざして眺めたりせずに、ちょうど花の中に埋まったまま、いわば花と一体になって花見をする。

そうしていると、なにか花の中に吸い込まれてゆくような気分になる。全体が、桜色の空間のように感じられ、まさに気もそぞろというところだ。

そういえば、歌舞伎や能の演目、例えば「道成寺《どうじょうじ》」などでは、狂女が出てくるときは、その背景に桜の花がつきものだ。これも、桜が、人を気もそぞろの境地に誘い込むことの現れかもしれない。

そんな思いにかられながら花の雲間を歩いていると、目の前に仁和寺の五重の塔の尖塔が花の群れを割ってつきたっているのが見えた。

思わずはっとする鋭さが感じられる。仏の法の道と悟りの道は、狂いの先にあって、迷いの路《みち》をそぞろ歩く人の心を正道に立ち返らせるもののように思えた。ふと目を足元に向けると、散った花びらが根元の周辺に広がり、あたりの地面は、真っ白い絨毯のように見える。

低木の花は、近くの人によってのみ、その良さを評価され、またその名残も、足元のところでだけ輝いているかのようだ。人の世でも、高山の高木よりも、目立たぬ低地の低木、それも、遅咲きの花こそ真の花なのかもしれぬ。

（２０１２・５・７）

出世稲荷の移転

かつて、とはいっても、ごく最近まで、京都の中心部「聚楽廻《じゅらくまわり》」に出世稲荷という神社があった。地名の元になった聚楽第《じゅらくだい》とは、言うまでもなく秀吉が京都に建てた豪勢な住居あるいは城郭だ。秀吉が、関白太政大臣に「出世」し、位人臣《くらいじんしん》を極めたとき、この聚楽第の一角に「出世」を祝祭する神社を建てたという。

聚楽第は、その後、秀次に与えられたが、秀次の「謀反」とともに取り壊されてしまい、今は跡形もない。ところが、出世神社だけは、「出世稲荷」として、かつて聚楽第のあった場所の一角にいつの世からか存在して、一時は、立身出世を願う人々が祈願に訪れていたらしい。ところが、昨今この稲荷に参詣する人は激減し、存続できなくなったため、土地は不動産会社に売られ、大原あたりに移転したらしい。近くには、インターネットで人気の食べ物屋さんもあって、若者も訪れるが、つい目と鼻の先の出世稲荷に興味をしめす者はいない状況だからだ。

実際、近年、意識調査などの結果を見ても、若者は自分自身、また親は自分の子供たちの立身出世をさして望まず、平穏で幸せな生活をおくれればよいと思っていることが明らかになっている。

けれども、その一方で、野球やサッカーのスターあるいはテレビのタレントやロックスターになりたがる少年少女はあとをたたない。それは「出世」ではないのか。出世というとなにか、社長や大臣になることのようなイメージがあるため、嫌われるだけなのかもしれぬ。

「世に出て、知られる」という意味なら、いまでも、出世をのぞむ若者はすくなくないだろう。結局、出世の意味が移り変わっただけだとすると、出世稲荷が「移った」のは、二重の意味で時代を反映しているように思えるのだが…。

（２０１２・10・15）

一歩足りぬことの良さ

中国江南の都市、無錫《むしゃく》。

無錫と聞くと、一九八〇年代に流行った「無錫旅情」を思い出す人もいるだろう。あるいは、「うちの会社もあそこに進出している」とつぶやく人もあろう。それほど、エレクトロニクスメーカーはじめ、日本企業の投資の盛んな所だ。人によっては、無錫の町の外れに広がる太湖《たいこ》とそのほとりに住んだと言われる絶世の美女、西施《せいし》に思いをはせるかもしれない。

その無錫で誰もが口にする有名な音曲に「二泉映月」と呼ばれる曲がある。天下第二の泉に映える月という意味であろうが、なぜ天下第一でなく、第二なのか、第一はどこにあるのかと聞くと、地元の中国人の答えがふるっている。

「誰しも自分の所の名所や名産を天下第一と誇りたがるもので、天下第一といわれるものは、諸国に数多くある。そこで、わざと目立つように、天下第二と称したのだ」と。

そこには、奇抜な発想とともに、ある種の、謙譲さを装った自負がある。しかも、どこか余裕が感じられる。

同じようなことは、無錫の豪商で経世家であった人物の豪勢な住居を見学したときにも体験した。それは、広い、中国風の居間の中央にかかった書画を見た時だ。

百寿の図と言われるもので、「寿」という文字を百字書いて幸運を呼び込むものだったが、良く見ると、九十三文字だけ「寿」が書いてある。

「百ないのはどうしてか」と聞くと、「百字書いては、あまりに当たり前になる、数字だけわざと書き残してあるところに味がある、完璧はかえってつまずきのもとになりかねないのだ」という答えが返ってきた。

一位、完璧を目指すことばかりにこだわらず、一歩足りぬところで止めておくのが、真の味かもしれぬ。

（2012・11・5）

アルマジロ物語

今年の夏、サッカーのワールドカップ大会は、ブラジルで開かれることになっているが、この大会のマスコットに選ばれている動物がアルマジロだ。すばしっこく、剽軽《ひょうきん》で、いかにも、サッカー万歳といっているような姿をしている。

アルマジロ――。甲羅をつけたねずみとも、いたちとも思えるような、この哺乳類の小さな動物は、乾いた草原に生息し、穴を掘るのがうまく、種類によっては、敵から身を守るために、尾っぽや頭を引っ込めて、丸いサッカーボールのように「変身」する。アルマジロは、食べると美味だとされ、ブラジルの先住民は常食にしていたらしい。

それが証拠というわけでもないが、一九九〇年代にベトナムを訪れた際、アルマジロを食べたことがある。今は亡き渡辺美智雄外務大臣とともに、ハノイを訪れたときのことである。

ベトナム政府のフック副首相が、晩餐会に招待してくれるというので行ってみると、大きなテーブルの真ん中に麗々しく大柄の壺がおいてあり、「本日の特別のごちそう」というふれこみだ。何かと聞くと、主人のフック氏は、食べてから教えると言ってニヤニヤするばかりだ。

壺をあけると、なにやらビーフシチューめいた料理が見える。食べてみると歯ごたえも適度で、スパイスもよく効き、まずまずの味だ。

さあ、一体何を食べているのかと問いただすと、渡辺氏は、前にも食べたことがあったらしく、大声で、アルマジロだという。アルマジロとは何かも知らない者が、渡辺氏特有の講談ばりの解説を聞いたとき、なかには、危うく卒倒しそうになった人もいた。

どうもアルマジロには、人を驚かすような何かがそなわっているような気がしてならない。ワールドカップも、意外性のある大会になるのではなかろうか。


（2014・2・3）

怨親平等

京都府宇治市の黄檗《おうばく》宗万福寺。一六五四年、中国から日本に渡来した隠元《いんげん》禅師が開いた禅寺として有名だ。建物のほぼ全てが中国明朝の様式で、一見孔子廟にでも来たような思いがするほど、中国的雰囲気に満ちている。

境内の額や掛け物なども古い漢字体で書かれ、読経も、黄檗唐韻という、独特の発音で行われていると聞く。隠元禅師以後、ほぼ十代にわたって中国人の住職がこの寺を率いてきたせいでもあるらしい。

この壮大な寺の一角に、細長い、二メートルほどの石塔がある。

この石塔は、昭和の時代に、時の住職山田玉田氏が、日中戦争で日本人と中国人が殺し合わねばならなかったことに心を痛め、戦争で亡くなった兵士たち一人一人への鎮魂の思いをこめて、お経の文字を石に彫り付け、その石を積み重ねてできたものだ。文字の数は、総数七万字ほどに及ぶという。

この石塔は、怨親平等塔《おんしんびょうどう》と名づけられている。怨みと親しみ、日本と中国と、二つに分けるのではなく、平等に共生しようという意味にもとれる。

石塔をあとにすると、山門の近くに句碑が見える。

山門を出れば日本ぞ茶つみ唄

茶の香りや花の色、源氏物語や平家物語縁の場所も少なくない、最も日本的な場所たる宇治に、どこまでも中国的様式を守ってきた禅寺があることこそ、実は、怨親平等の精神の象徴そのものに他ならないと言えるかもしれない。

昨今、日中両国双方で、やれ、過去の歴史の認識だの、領土紛争だのと、諍《いさか》いの兆候が渦巻いているが、日本が日本的なものを主張し、中国が中国的なものを強調するとしても、怨みをこえて共生する決意をもつことこそ大切だろう。


（2014・3・17）

三本の指

「一つ」を指で示そうとするなら、人差し指を立てるのが普通だろう。親指を立ててしまうと、ＯＫサインと間違われるだろうし、まさか小指を出して一つという人もおるまい。

「二つ」はどうか。人差し指と中指をあげて二つとするのが普通だ。

問題は「三つ」の示し方だ。六、七カ国の違った国籍の留学生ばかりの大学院セミナーで、試しに、三つを指でどうあらわすか、やってみせてくれと言って実験したところ、大きな違いが出た。

人差し指に中指、それに薬指を立てて三つを指すと言った学生は三分の一ほどで、あとは、親指と人差し指と中指の三つ、あるいは、小指、薬指、中指の三つを使う者もいた。

確かに指によるサインの意味は、所変われば品変わるところがあって、とりわけ三本指の使い方には差があるようだ。

折から、東南アジアのタイでは、政情不安とデモの頻発の後、たまりかねた軍部が国家の治安を前面に出してクーデターを行い、政権中枢に就いたため、これに反発する市民が抗議を叫ぶ光景が見られる。その際抗議のシンボルとして、三本の指を立てることが流行っているようだ。

もともと、この行為は、ハリウッド映画「ハンガーゲーム」から出たもので、圧政への抗議、愛しい者への感謝と別れを意味していると言われる（もっとも、人によっては、フランス革命の三大スローガンたる自由、平等、友愛を意味すると説いているようだ）。

しかし、タイの外から見ると三本の指は、三つの違った政治集団が、今やまとまって国難を克服する決意を持つためのシンボルのように見える。

すなわち地方の貧しい農民と都市部の中産階級、そして軍事介入した軍部の三者の統合のスローガンにしても良いように見えるのだが…。

（２０１４・６・16）

アンドラ寸評

アンドラ──。フランスとスペインの国境、ピレネー山脈の高地に位置する、人口八万人ほどの小さな国だ。

この国のことが、最近国際金融市場で、とかくの波紋を巻き起こしている。それというのも、この国の有力銀行が、犯罪組織やいかがわしいグループの資金ぐりの手助け、いわゆるマネーロンダリング（資金洗浄）を長年にわたり助けていたことが判明したからだ。

中南米の小さな国などが、マネーロンダリングや脱税の隠れみのに使われているという噂はいつも耳にするところだが、いやしくも、ヨーロッパの中に存在する「先進国」の銀行のスキャンダルだけに、国際的注目をあびているようだ。

そもそも、アンドラは主権国家といっても、フランスとスペインの政治的抗争の余波で、奇妙な体制の国だ。この国の元首は二人おり、一人はフランス大統領、もう一人は、スペインに居住する宗教的指導者だ。

日本もふくめかなりの国が、アンドラに大使を派遣しているが、アンドラそのものに大使をおいているわけではなく、半分ほどの国はパリ駐在大使が兼任、他の国は、大概スペインのマドリード駐在大使がアンドラ大使を兼ねているという状況だ。

おもしろいことに、アンドラの郵便事業をめぐるフランスとスペインの争いの結果、ケンカ両成敗というわけか、アンドラの国内郵便は無料で、郵便局は国際業務しか行わない。切手もしたがって、国際使用のものしかない。

こうした特殊な国だけに、隠れみのに使う人がでてきてもふしぎではないが、アンドラは、高地だけにスキーや観光で著名であり、馬の飼育と馬肉ステーキでも知られる。

海のないところも、信州に似ている。信州アンドラ観光団を結成してみるのも一興か？

（2015・4・27）

十字路とロータリー

ロータリーというと、近ごろは、ビジネスマンの集まりのロータリークラブを思い出す人が多いかもしれないが、一昔前までは、環状交差路を思い浮かべたものだ（もっとも、正統派は、環状交差路をロータリーとは呼ばず、英国式にラウンドアバウトというかもしれない。ロータリーは米国英語だからだ）。

最近、そのロータリーが、アメリカの一部の州や都市で、十字路形の交差点に代わるものとして推奨されているという。ロータリーへの出入りは自由で、信号機はない。

推奨されている理由は、いくつかある。アメリカの統計によると、十字路の交差点とロータリーを比べるとロータリーのほうが、圧倒的に（半分以上）交通事故率が低い。これは、交差点に進入する速度が遅くなることと、右折や左折に伴う事故が少なくなるためといわれる。

フランスやイギリスでは、都会の中心や郊外で、ロータリー式の交差路に出合うことがまれではない。ロンドンのピカデリーサーカス、パリの凱旋門広場などは特に有名で、放射状に道路が枝分かれしている。

ところが、アメリカや日本では、ロータリーは不人気のようだ。日本の場合は土地の狭さの問題もあるだろうが、心理的抵抗もあるらしい。フランス人は、凱旋門広場へ車でさっと突っ込んで、ぐるぐる回ることを厭わないが、日本人やアメリカ人はいやがる人が少なくない。それが証拠に、凱旋門の周りを、少しずつ、信号を頼りに回る細い路《みち》があるが、アメリカ人の間ではこの路が案外人気を博し、チキン・アレイ（弱虫小路）という愛称までつけられているからだ。

それでも、アメリカのニュージャージー州などでは十字路をロータリーに変えようという動きがあると聞く。さて日本では如何か。

（２０１５・９・７）

商才と学才

温州ミカン――鹿児島などに産する日本のミカンを、他の柑橘類と区別するためもあって、アメリカやカナダなどへ輸出される日本のミカンは、しばしばそう呼ばれてきた。

しかし、温州ミカンとはどういう由来によるものか。中国の浙江省の港町温州に由来するという説は、科学的には証明されておらず、むしろ温州ミカンの原産地は、東南アジアらしい。

その温州を訪れる機会があった。今や八百万を超える人口をもち、高層建築がそびえる大都会だ。しかし、第二次大戦前、イギリスをはじめヨーロッパ諸国が進出していた場所だけに、ところどころに、植民地風の「洋館」が残っており、甌《おう》江と称する大河が悠々と流れ、遠くに山がつらなる風光明媚なところだ。

ところが、港町のせいか、温州の人々は商才があり、三百万に近い温州人が、世界に雄飛して活躍しているという。郊外の道路沿いでも、農民が、遊覧客向けに果物や野菜を売る露店を出しているところなどにも農民の商売上手が表れている。そうした気質のせいか、一九五六年、中国共産党が初めて農村改革を打ち出した時、モデルとなった村の一つは温州の郊外の村だったという。

その一方、温州は、行書のお手本「蘭亭の序」で名高い王羲之《おうぎし》や、宋代の詩人謝霊運を輩出し、また儒学の一派を創設する学者の根拠地ともなり、いわば、学才の街でもある。

そうした温州の歴史は、温州が最も栄えた宋王朝時代の特色によるものらしい。すなわち、宋は北方の金に圧迫されつづけたが、豊かな経済を誇り、その利益を、いわば補償金として支払って金の軍事的圧迫を軽減したとされる。まさに、商才と学才の混合による戦略だったようだ。

さて我が国も、軍事力を抑制して商才と学才で生きられるだろうか。

（２０１５・12・７）

マップヘイター万歳？

ジェームズ・ミッチェナーの「キャラバン」は、アフガニスタンで米国の若い女性が誘拐される事件を描いた小説だ。首都カブールでは（もっとも、この小説のなかでミッチェナーは、カブールと発音するのは、そこへ行ったことのない人達だけで、行ったことのある人はカーブルと発音すると断っている）、夜になると狼が群れをなして町を走りぬけたそうだ。一九五〇年代のことだ。

しかし、その後十年以上経っても、カブールを訪れると、わずかな数の在住外国人同士が、町へ出かけるのに、シャンゼリゼだとかボンドストリートなどと言い交わしているのに驚いたものだ。なにせ、町の地図がないので、外国人が気ままに道の名前をつけているのだ。東京ですら、米国の占領軍が、正式の名前がない道路が多いのに驚いて、「六本木通り」などと勝手な名前をつけていたことが思い出される。

道路ばかりではなく、地域や村の名称も定かに決まっていない国もある。遊牧の民で満ちているモンゴルがそうだ。標識も目印になる建物もない大草原を車で走る段になって、地元のモンゴル人から、地図などいらぬ、丘の起伏の状態や、星の位置でどこを走っているかわかるとうそぶかれたことがある。

そうしたモンゴル人の習性を、生物学者でモンゴル通の福岡伸一氏は、行きたいところに行くのに地図に頼らず、勘に頼り、周囲と自分との関係性だけで進んで行く、地図嫌いという意味の「マップヘイター」と呼んでいる。

ネット検索やカーナビの流行る現代だが、客観的に決められた「案内」に従って行動することに慣れすぎると、人生行路も他人にマップされた（作り上げられた）ものになり自主性がなくなるおそれがある。人生行路のマップヘイターもいてよいのではなかろうか。

（２０１６・９・５）

義理チョコと抱擁の宿題

今年も、二月中旬のバレンタインデイ直前は、デパートなどのチョコレートやお菓子の売り場に長い行列ができ、何事かと訝るほどだった。わざわざ特設売り場などを別の階に設けたところもあったようだ。

そのチョコレートだが、多くの国では男性が女性に贈る習慣であるのに、日本では逆に女性が贈ることになっている。そこには、恋の告白は普通男性から女性にするもので、女性から「好きよ」などと言い出しにくいという前提があるのだろう。

しかし、多くの女性はデリケートだし、嫌われては困ると、好きでもない男に「義理チョコ」を贈る例も多いようだ。

考えてみると、そもそもバレンタインデイのチョコレートは、贈られた男性が、その意味をどう解するかに全てかかっている。忍ぶ愛の告白かもしれないし、「普段の」愛の確認かもしれない。あるいは、お義理の贈り物かもしれない。へそ曲がりの人が人をからかう悪戯だと思っても不思議ではない。

このように、意味の「解釈」が定まっていないにも拘わらず、「チョコレートを贈るのは、愛の告白であり、みだらな行為だ」と一方的にきめつけて、政府がこれを規制した国がある。パキスタンでは、菓子店や花店に当局が圧力をかけ、バレンタインデイの風習は「西洋」の悪しき慣例であり、イスラムの精神に反する、としてバレンタインデイの贈り物禁止運動を(さすがにそう大っぴらではないが)展開したようだ。

他方、バレンタインデイは普段あまりやらない形の愛情表現を実行する絶好機だとして、積極的に活用しているところもある。宮崎県のある小学校はバレンタインデイの週を親子抱擁週間とし、一日一回、一分間親子が抱擁すべしという「宿題」を出しているという。宿題でも親子の抱擁は結構なことではあるまいか。

(2018・3・5)

日本とウクライナ

…ドニエプルの川蒸気（川を航行する蒸気船）の甲板で舷《ふなばた》（船の側面）に砕ける波の音を聞きながら、私は次第次第に遠ざかってゆくキーエフ（キーウ）の寺の尖塔をぽつねんと眺めた。（中略）一脈（少し）の哀愁が胸に浮き上がる…

今から約百年前、ロシア革命の嵐が吹き荒れる頃、ウクライナを訪問したある日本人の回想である。

この日本人とは、第二次大戦後、首相となった芦田均である。

芦田は当時、外交官としてロシア帝国の首都だったペテルブルクに駐在していた。その芦田が、なぜウクライナを訪問したのか。それには、隠れた戦略的意図が込められていたのではないかと想像される。なぜならば当時、多くのウクライナの独立運動家はロシアの極東地方へ逃れ、日本の軍部ともひそかな接触があったといわれているからである。

そして一九三〇年代になると、ウクライナの亡命者が、西ではポーランド、東では満州等で日本軍の特務機関と接触したとみられている。

戦略的な接触だけではない、文化的な交流もあった。

ウクライナから極東へ流れてきた盲目の詩人エロシェンコは、中国から日本へ来航、プロレタリア文学者たちと交友関係を持った。また、彼は、日本と縁の深かった魯迅と親しく、魯迅の作品の中にはエロシェンコが登場する。

戦後となると、旧ソ連の駐日大使の中で唯一、共産党の政治局員を経験し、大臣まで務めた大物、ポリャンスキーはウクライナ人であった。もっとも、彼の駐日大使任命は、一種の政治的島流しであったとみる向きも多く、日本は、いわば避難所だったのかもしれない。

こうした歴史をたどってみると、日本とウクライナは、時として目に見えぬ不思議な糸で結ばれていたといえ、今日、日本がウクライナ難民を受け入れるのは、歴史の糸の延長と考えることもできよう。

（2022・4・4）

第六章　信濃つれづれ

舞豚の味

「長野・信州フェア」と称する催しをしているホテルへ行って「舞豚《まいぶた》」なるものを賞味した。飼育小屋に入れず、始終外に放牧状態にして育てた豚で、心なしか歯ごたえもどこか特徴があり、いささか「熟れた」感じがした。

スペインには、ドングリの実を食べて成長するというイベリコ豚があるが、これは、どこか引き締まった味がする。羊肉では、フランスのモンサンミシェルの羊が著名で、風が強く潮の香りを含んだ草を食べた羊の肉だけに味が良いとされている。

このように、肉の作られた場所や動物の育ち方の特徴を「売り込み」に利用して「ブランド」に育ててあげることは古今東西の習わしだが、特に近年、こうした努力が強まっているように見える。スーパーや冷凍冷蔵設備の発達でとかく生産者と消費者が離れ離れになりがちな現代の食生活において、再び作った人（場所）と食べる人（場所）を直結するような心理的効果があるのかもしれない。

加えて、「舞豚」と、その由来を聞きながら賞味してみると、信州の広大な高原が目の前に広がるような、爽やかな気持ちがして肉の味も一層良く感じられる。ブランドにまつわる連想による想像力の刺激が、味覚にまで影響するのかもしれない。そう言えば日本酒の名前に詩的な名前の多いのもうなずける。

しかし何と言っても、信州とか長野とかいった産地の名前をつけずに、しかもとかく野暮なイメージがつきまといがちな豚に「舞豚」などという優雅な名前をつけたところは心憎い。そもそも「舞」は、舞う人が見る人に何かを無言で伝えようとしている動作であり、同時に、舞う人の心の中にある感情の表現であろう。

そう考えると、「舞豚」も購買者に何かを訴えているかのように響く。「舞」が一つのコミュニケーションの手段だとすれば、「舞豚」も、信州の高原の飼育者や関係者と、都会の消費者とを結ぶ、見えないコミュニケーションの糸とも言える。

豚にこんな優雅で、意味ありげな名前をつけた名付け親は誰なのだろうか。さぞかし、「味のある」人たちに違いあるまい。


（２００６・２・27）

歌舞伎のお菓子

歌舞伎座の伝統というと、女形から見えの切り方、義太夫と三味線の音楽、裏方の役割から花道、そして赤黒緑の幕と幕のひき方まで無数と云ってよいほどの要素からなりたっている。

しかし、演者と演技と舞台ばかりが伝統ではない。何々屋と叫ぶ掛け声や弁当を持ち込める歌舞伎独特のムードや観客の拍手の仕方、さらには、歌舞伎座特有のお土産品や座席の配置まで伝統の一要素ともいえる。

そうした広い意味での歌舞伎の貴重な伝統の一つがつい先頃消えてしまった。それは劇場の座席の番号のふり方である。

歌舞伎座の座席は昔は常に「いろは」と数字を組み合わせて「い—一」とか「は—二」となっていた。また番号のふりわけ方は、幕が向かって右から左へひかれるのにあわせて右から左へ一、二、三とふりわけてあった。そこに何とはなしの歌舞伎らしさがあった。

ところが昨今は全て数字になってしまった。「1—3」「5—4」といった具合になり、しかも番号のふり方も右からではなく、左から1、2、3とふるようになって、西洋の劇場と変わらなくなってしまった。インターネットでの切符販売のためには、こうしないと不便なのだという。

これもグローバリゼーションの負の影響の一つだとがっかりしていたが、最近、歌舞伎研究で著名な河竹登志夫名誉教授から耳よりな話を伺った。「いろは」の復権である。歌舞伎座で売る銘菓の一つ、きんつばに「いろはきんつば」とつけたという（この菓子の製造元は信州飯田の老舗だそうだ）。

ともあれ歌舞伎座の座敷に座り、茶を飲みながら「いろはきんつば」を味わいつつ踊りを見る気持ちをもつことこそ、実は歌舞伎の伝統を守る精神なのではないか。

伝統は名優や金銭的パトロンや鋭い批評家や裏方さんたちで守りきれるものではない。真の伝統を守る力は観客の中から出てこなければならない。そして観客に伝統を意識させる「いろはきんつば」は実は歌舞伎の伝統を守る媒体であり、信州の銘菓は歌舞伎を守っているとも云えよう。

（２００６・３・27）

「長野式」生き方

定年の延長が昨今話題となっている。加えて、退職後も雇用機会を与えようとする法的な枠組みもできつつある。こうした動きは、年金や医療に必要な国家予算を節約し、少しでも個人個人の自助努力を促そうという、財政的圧力が背景となっているようだ。

しかし、財政的理由によって「働くこと」を奨励するのは、「やむなく」働くという感じを与えかねない。云いかえれば「働くこと」は本来厭なこととという前提が隠されていないか。

こうした発想はいただけない。それは国際比較をしてみれば分かることだ。六〇歳以上の人の就労率を国際的に比較すると、日本は七割強であるのに対して、フランスは二割以下といわれている。高齢者が所得のために厭々働いているのなら、フランス人なみの所得の日本人がフランス人に比べて圧倒的に年老いても働いているのはおかしい。

そもそもおのおのの国で、「働くこと」の意味が違っているのではないか。

フランス人の理想の生活は、「貴族的」生活だ。貴族は乗馬や狩り、ヨットなどのスポーツや音楽、絵画、演劇などといった文化活動に生きる。しかも、働かないで悠々と生活している人に対して、人々は羨ましがることこそあれ、非難めいたことは云わない。

ところが日本では逆である。働かないとどこかおちつかない。働くことは生き甲斐であり、健康を維持する秘訣であり、社会と自分との接点をいつまでももちつづける方策でもあるからだ。最近こうした考え方が日本でも広まっているが、もっともっとこの考え方を普及すべきではなかろうか。そしてそれを「長野式」生き方と呼んではどうか。

長野県は六五歳以上の就業率は約三二％で日本一である。また、男性の平均寿命は全国一、二を競い女性も銅メダルクラスだ。しかも六五歳以上の一人当たりの医療費支出は、全国で最低レベルである。

「長野式」生き方とは何かをもっと日本全国に、そして世界に発信してはどうか。

（2006・6・19）

千曲川旅情

戸倉上山田温泉に泊まった折、何十年ぶりかで千曲川沿いに足をのばし、小諸の藤村記念館を訪ねた。

その帰り道、「千曲川のスケッチ」の一節「鹿島神社の横手に、一ぜんめし、御休処、揚羽屋とした看板の出してある」店云々のことを憶《おも》い出して、そこで豆腐料理を注文した。いかにも昔の豆腐屋を思わすような雑然とした店内の中程、大きなガラス窓のついた棚の中に藤村全集や藤村のいくつかの著書、それに寄せ書きなどがこれも雑然と陳列されている。

店から出て、小諸駅までの周辺の路地を歩くと、どこか沈んでおり、閉じたままの店も目立つ。詩情豊かな町だったはずの小諸は、いささかさびれた、哀切と懐古の町になってしまったようにも見える。

インターネット世代の若者たちは、藤村をフジムラと読むくらいだから、「千曲川旅情のうた」などは、読んだこともないのかもしれぬ。そうなると、この町を訪ねて文豪の詠んだ歌や書いた小説の世界と現実の小諸と、そして藤村の小諸の生活を三重映しにして文学的想いにふけることなどはしないのだろう。

時代はある人々、ある地方をとり残し、またある人々やある地方をすくいあげて前に進んでゆくのは、いつの時代、どこの世界でも普通のでき事と思える。

戸倉上山田温泉に戻ると宿屋で食事の世話をしてくれた女性が、「近年はお客さまの筋というか世代が変わりました。若い方が温泉めぐりと称し、インターネットで予約して来られます」と、時代の変化を切々と語ってくれた。しかし、こうした対話ができること自体、西洋式ホテルでは味わえぬ旅情だ。

温泉町を散策していると、五十がらみのあきらかに主婦の一団と見える人たちが、千曲川沿いの丘の短歌や詩の碑を熱心に見ながら互いに論評しあっている。あやしくも慰めがたき心かな云々の小町の歌の「あやしくも」の意味などを声高に云い合っている。

その声を聞いて、何故かホッとした。千曲川のせせらぎが急に高く、そして山の向こうの白い雲が一層白く大きく見えた。

　鳴呼古城なにをか語り
　岸の波なにをか答ふ

（2006・8・28）

鬼島太鼓の響き

長野県下高井郡木島平村の少女たち。そう云えば、分かる人はすぐ分かる。全国コンテストで優勝した和太鼓のグループ鬼島太鼓の故郷だ。

この鬼島太鼓のグループが先般韓国公演に出かけた。蔚山、光州を回った鬼島太鼓は、単に演奏旅行にとどまらず、チャング（韓国太鼓）を含む地元小学校の打楽器クラブと交流し、子供たちと語り合った。

韓国の人たちの心をうったのは、太鼓のすばらしさに加えて、団員の間の気心の見事な調和だった。「演奏しながら合いの手をいれ、おそいと励ましたり、指揮を交代で担当したり」（蔚山毎日新聞）するところや、「舞台の照明が落ち、団員が次の曲を用意する間、必ず誰かがチャングとそっくりの太鼓」（同）などをごく自然に演奏し続けていたことにあらわれているチームワークの良さに人々は感激した。

しかし、鬼島太鼓のグループが韓国に残していったものは、実は、太鼓の妙技やグループの意気の合った演奏への感動だけではなかった。

小学校三年から高校三年までの少女二十一人が、学校から帰って夕食をすませた後、八時から一〇時まで二時間、そしてそれを週三日一緒に練習するという話を聞いて、韓国の人たちは思った、これは子供たちの意欲だけではできない、それを支える両親や親族、学校、そしてコミュニティー、すべての努力と意志がなければできない、果たして韓国で同じことができるだろうか、われわれは考えねばならぬ—ある韓国のジャーナリストの言葉である。

加えて、もっと見えない、微妙な影響もある。光州の盲学校、世光学校は、鬼島太鼓のグループを開校以来初めての外国人の公演として受け入れた。全職員と生徒たちは、太鼓自体からの感動を超えた感動を得た、という。国際的文化交流が、自分たちのような身体障害者にとっても、遠い世界のものでなく、ごく身近なものであることが分かったという感動であった。

鬼島太鼓の響きは、多くの人々の心に、太鼓の響きをこえた心の響きを届けたのだった。

（２００６・11・27）

西洋松露の香り

世界の三大珍味は何かとヨーロッパ人に聞くと、大体答えは決まっている。キャビア、フォアグラ、それにトリュフ（西洋松露《しょうろ》）だ。

キャビアやフォアグラは、最近日本料理にもしばしば顔を出すぐらいだから、珍味とは言えないかもしれぬ。それより鮪《まぐろ》のトロや河豚《ふぐ》の白子、松茸などの方が珍味だと言う人もあろう。

しかし、味（舌の上での味わい）よりも香りということになると、同じキノコでも、西洋松露は松茸以上に鋭い香りがして、その魅力は堪らないという人たちも多い。

味よりも香りを楽しむものとして、西洋松露はフランス料理では「黒いダイヤ」と言われるほど珍重される。ところが、人工栽培は極めて困難と言われ、トリュフ園なるものも、樫の木に菌を付け、数年かけて自然に育てるのがせいぜいとされているようだ。そのせいもあって、近年、ヨーロッパには、アフリカ産や中国産の西洋松露が氾濫し、西洋ならぬ「東洋」松露になりかかっていると聞く。

こんなことになるのも、トリュフの値段が高いせいだ。今から二十年ほど前には一キロ五万円前後という話を聞いていたが、今ではおそらく、真正のフランスのトリュフなら、キロあたり二十万ないし三十万円はするのではないか。

トリュフは、昔は、オムレツに入れたり、ビフテキに添えたりしたが、今では大変な貴重品だから、スープに入れるか、サラダに少し入れて、トリュフそのものの味をできるだけ楽しむような料理の方がはやるのではあるまいか。

もっとも、何ごとにも器用な日本人のこと、上田市には、トリュフの菌を培養して生育室で管理し、その後土中に埋める方法で人工栽培に成功した企業もあるらしい。加えて地下数センチのところに隠れて見えないトリュフを探し出す秘訣として通常使われる犬や豚以外の方法を考えだせば日本産西洋松露の流通も夢ではないかもしれない。

もっともトリュフの香りより金の香りに敏感な現代人には、先に金の匂いが散らついて、トリュフの匂いを嗅ぐ感覚が鈍るかもしれないが…。


（2007・4・16）

ゴマ栽培の思い出

ゴマスリという言葉があるかと思えば、アラビアンナイト（千夜一夜物語）には、開けゴマというおまじないがある。アメリカのテレビでもかつて児童番組でセサミ（ゴマ）ストリートという教育番組が大ヒットした。どうも「ゴマ」には何やら不思議な力が宿っているようだ。

そのゴマの栽培を広げて地元を産地化しようという運動が駒ケ根市にある—そう本紙（九月一二日付）が伝えていた。ゴマは今健康食としてあちこちでもてはやされていることもあって、大いに頑張ってもらいたいところだ。

ゴマというと、いつも思い出すのは、ある石油会社の社長とベトナムへ一緒に旅行した時のことだ。この会社は、ベトナム沖で海底油田を開発する事業に熱心で、社長は頻繁にベトナムの沿岸をヘリコプターや飛行機でとび回っていた。上から見下ろすと緑の丘陵が見える。

「あそこはきっとゴマがよくとれる」。地質学に関心のあった社長はそう思った。土地の農家と交渉してゴマの栽培を開始、日本への輸出に成功して、一時は日本のごま油の市場の三割をしめるほどになったというのだ。

ところが、この話を聞いたベトナム共産党のある幹部は、柳の下にドジョウとばかり、他の土地も同じようにいかないか、日本との契約栽培で、ゴマでもトマトでも何でも作って日本へ輸出したい、と言い出した。

とりわけ、その幹部が日本を訪問し、岡山県内の農家を見学し、一粒百円もする見事なマスカットや、一個一万円もするメロンを見て仰天して以来、ベトナムこそ日本への果実やゴマなどの契約栽培の一大生産地になれると言い出して対日攻勢は一層強まった。

石油の油ならぬごま油で味をしめた人々の発想は次々とふくらんでいった。果たしてその後どうなったかはまだ確かめてはいないが、ベトナムからの農産物の輸入はふえているのではないか。

こんな思い出を想起するだけに長野県産のゴマの健闘を祈りたい。もっとも「ゴマカシ」という言葉もあることだからゴマがヒット商品になるにはなお相当の努力がいるかもしれぬ。

開けゴマ。

（2007・11・5）

知られざる観光名所

皇居の北側、いわゆる北の丸公園に近い相当広大な部分が一般に開放されていることは意外に知られていない。実は、かつての江戸城の本丸があった付近を中心に、雅楽堂の近辺まで土曜、日曜はじめ、週に何日か無料で公開されているのだ。

その一角、皇居東御苑の隅に忠臣蔵で有名な松の大廊下の跡地がある。もとより、今は建物はなく、何本かの松の大木と灌木がうっそうと茂っている。もっともこの松は、松の大廊下とは関係はない。松の大廊下という名前は、江戸城のこの部分のふすまに松の絵が描かれていたことに由来するそうだ。

ところが、江戸城の天守閣跡に上る人はあっても、松の大廊下の跡地を訪れる人は少ない。

一方京都には、紫式部の墓があるが、これも観光客にはあまり知られていない。今年は源氏物語が記録の上で確認されるときから千年目の記念の年であるというが、式部の墓（ないし、そう称されているもの）は紫野の一角にややみすぼらしい姿で建っており、入り口にはとりたてた案内板すらない。

京都にはまた黒沢明監督の映画で有名になった羅生門の史跡の記念碑があるが、これも今や昔日のおもかげが薄れつつある。西陣の片隅の小さな児童公園のブランコの横に捨ておかれたようにおかれており、観光タクシーの運転手さんでさえほとんど知らない。

長野県にもそんなところはないだろうか。先日、ある新聞紙上で、大鹿村のことが紹介されていた。年間数百頭のシカが、農地を荒らすため捕獲されるが、その肉を食用に供するための精肉工場ができたというニュースだった。

シカ肉といえば、フランスやドイツでは超一級の料理の材料である。なんとか「長野のシカ肉」として一流のフランス料理店で出せないものか。シカ肉にはクリが良く合う。小布施のクリと組み合わせてその上に信州のキノコでも加えたら絶品だろう。

長野というとどこか山深い、ひなびた印象を与えがちだが、思い切ってシックな、エレガントなフランス料理のイメージに託して観光名所あるいは観光名物として広く売り込めるといい。


（２００８・２・18）

信州の天茶

天照大神《あまてらすおおみかみ》、天の原、天の川、天橋立、天つ乙女…。天という字が、あまと発音される場合は意外と多い。ところが、信州、佐久に天茶《あまちゃ》という甘いお茶があることを知っていささか驚いた。

甘いお茶というと、四月八日の灌仏会《かんぶつえ》の甘茶が思い出される。しかし、仏陀《ぶっだ》誕生の際に天から降った甘露水が源となっているとすれば、甘茶ではなく天茶が正しい綴りだろう。天茶は、いわゆる玉露のようにお茶の葉からでたものではなく、植物学的にいうと、ユキノシタ科の低木の葉から作るものだという。

この甘いお茶が、佐久の「佐久ホテル」という旅館で売られている。若山牧水や佐藤春夫など、幾多の文人が訪れた、有名な旅館だそうだ。

その旅館の一角に小さい天茶の木が飾ってある。お茶はお売りしますが、苗は差し上げられませんと、断り書きがしてあるところをみると、自分で栽培したいと思って、苗木をほしがる客があるのだろう。しかし、信州の野に成長する天茶を、他の土地に植え替えるのは、「天」の意思に反するともいえそうだ。

そうであれば、佐久の天茶を、「信州名産」として広く知らしめてはどうか。天茶は、糖分はなく、カロリーも少ない上に胃腸病や歯周病にも効く飲み物だという。夏に冷やして飲むとまさに甘露、といいたくなるような味だ。人口甘味料のきいた、外国産ジュースなどを飲むよりはるかに奥ゆかしい。

天茶といえば、近年、天をあまと呼ぶ言葉が、天の川にせよ、天照にせよあまり、使われなくなっているのは、いささか残念だ。

もっとも、天下り反対と皆声を上げているではないか、と反論する人がいるかもしれない。そう言われると、こちらも「おまえは天邪鬼《あまのじゃく》だ」と言い返してみたい気もするが、天茶をすすって気を静めたほうがよいかも知れぬ。

（2008・8・25）

看護師候補の心

インドネシアの看護師候補の人たちが、諏訪郡富士見町や塩尻市の病院に配属された（本紙二月一四日記事）。それで思い出したのは、各地の病院に配属される前に、国際交流基金関西国際センターでの日本語研修に参加していた五十人ほどのインドネシアの看護師候補の人たちが、六カ月の研修の後に残してくれた感想文だ。

感想文は、一定の書式に収められていたが、そのなかに、「後輩への助言」という欄がある。慣れぬ日本での研修生活を体験して、若いインドネシアの人たちは、来年同じように日本語を学びにくる後輩たちへの忠告として何を書いているのだろうか。目を通してみるとなかなか興味深い。

無駄遣いをしないようにという忠告や、規律と時間厳守が大切といったことはなるほどと思ったが、インドネシアと日本との文化や習慣の違いをいまさらながら感じさせるものもあった。たとえば、ジルバブ（女性が頭髪を覆うためにかぶるスカーフ）を病院や学校でつけてよいのかよく調べておくように、といった忠告や、お祈りを忘れないようにというアドバイスがかなりあり、インドネシアの人々の宗教心がにじみでていた。自分は香水が好きだが、日本人は香水を好まないようだ、後輩も香水には要注意といっている女性もいた。

一番面白かったのは、日本には四季折々の違いがあり、その違いが激しいので、かぜをひかないように注意しなさいといったコメントが、幾つかあったことだ。常夏のインドネシアから来ると日本の四季の移り変わりについてゆくのは大変だったようだ。

文化や環境の違う所から来た外国人の看護師候補の人たち自身の心を「看護」することも必要なときがあるかもしれないと思えた。

（２００９・３・２）

「残るもの」と「残すもの」

和食がユネスコの無形文化遺産に登録され、また、富士山が世界文化遺産として認められた。いずれも「遺産（ヘリテッジ）」という言葉が使われている。それは、文化的伝統や背景にある自然などが、ややもすると時代とともに損なわれる恐れがあるが故に、これを貴重な遺産として「残そう」とするためだろう。

他方、一昨年のロンドン五輪や、今年開かれたソチ五輪でも、「遺産（レガシー）」という言葉が使われる。ここには、現代の五輪大会をめぐる深い悩みが隠されている。それは、夏季にせよ冬季にせよ、四年に一度の五輪大会が、巨大となり、華やかになるにつれて、一体それほどの資金と労力を費やして何を残したのか、という問いが、人々の口に上るようになったからである。

単に世界記録を更新し、スポーツを振興するためだけなら、もっと簡素に、効率よく世界選手権をやればよいとも言える。そこでオリンピックに熱心な人々は、五輪大会はなにもそこに出場する選手や競技を見に来る観客のためではなく、むしろ、五輪の後に残ったもの、すなわち、「遺産」が大切なのだと主張する。

こうした意味での遺産には、思いがけないものもありうる。ソチ五輪についていえば、競技場や観光施設、インフラなどよりも、案外、ロシアあるいはプーチン大統領自身の威信の向上こそ、最大の「遺産」になるかもしれない。

一九九八年長野五輪の思い掛けぬ遺産の一つは、五輪を手伝いたいと長野にやってきた米国出身のセーラ・マリ・カミングスさんかもしれない。小布施の酒造場の役員として日本酒の文化保存などに一役買ってきた。
後に「残った」思わぬ成果こそ、遺産という言葉にふさわしい。二〇二〇東京五輪も、思わぬ「遺産」を残してもらいたいものだ。

（2014・2・24）

信州方言を守る運動

中国は上海の、とある高校を見学した時のことである。

「普通語を使うこと」という大きな張り紙が、階段の壁にあるのを見つけて驚いた。上海の地元の言葉である上海語ではなく、標準語の北京官話で話せという意味であることは明らかだが、わざわざ張り紙までしてあることが、いささか奇異に感じられた。

植民地時代の朝鮮半島で、学校のクラスで朝鮮語を使ったと叱られて廊下に立たされた、などという話を聞いていたせいか、方言の使用を禁止することには、教育上の便宜を越えて政治的意図が秘められているような気がしたためであろう。

ところが、最近、中国でテレビにおける上海語の使用問題が、政治的波紋を生んでいるらしい。それというのも、従来、地元のテレビで人気を博していた、上海語による娯楽番組が、衛星放送化されるということになった途端、全国の人々が見ることのできる衛星放送では、北京語以外の言葉での番組は認められないという規則のために、放送中止に追い込まれたからだ。

これに対して、上海語は、いわゆる上海オペラをはじめ、長い文化的伝統をもち、中国の中の多様な文化的伝統を守る必要があると言って、番組継続を主張する意見も強いと聞く。

思えば、昭和一五年ころ、文芸評論家の柳宗悦たちが火をつけた、沖縄方言論争があった。沖縄に標準語を一方的におしつけるのは、沖縄の文化的伝統の保存の見地から望ましくないという主張だった。

日本ばかりではない。フランスのブルターニュ地方でも長らくブルターニュ語の放送や新聞の普及に制限があり、争いが絶えない時期もあった。

さて、信州の方言を守る運動はどうなっているのだろうか。


（２０１４・６・２）

虫の「味わい」

長野県では、昆虫のナナフシモドキが大量発生して農作物への影響が心配だという（一一月五日付本紙朝刊）。一方、近年世界のあちこちで、ミツバチの減少が心配されている。そうかと思うと、昆虫は食糧難の際の有益な食材だと言う人もいる。思えば、信濃は蜂の子の特産地であり、伊那地方でザザムシを食べる習慣もよく知られている。

お隣の韓国では、ごく最近まで、カイコの幼虫を真っ黒に鍋で焼いたものを、焼き芋売りのようにソウルの町中で売っていた。

アメリカの首都ワシントンには、今もあるかどうかは定かではないが、長年「虫を食べさせる店」として著名な料理店があり、アリの揚げ物を食べさせたものだ。

イナゴに至っては長野県のみならず世界中いろいろなところで食されており、タンパク質とミネラルが豊富で健康食品としては抜群だとも言われている。

そもそも昆虫を食物として考えることは、近代人には「野蛮」と見られがちだが、かのアリストテレスがセミはいつ食べれば最もおいしいかについて説を残していることからも、虫を食べる意味を再考してみる必要がありそうだ。

事実、虫を食べる風習は、食文化のありかたという観点からも注目されている。

たとえば、食文化の多様性を維持し、いわゆるジャンクフードに代表されるような、均一化された大量生産、大量消費型の食生活を改革しようというスローフード運動の一環に組み込まれている。インド北東部のナガランドのお祭りでカタツムリ、コオロギ、クモなどの炒めものが販売され、食されるのを、イタリアに本部のあるスローフード団体が国際的に紹介しているほどだ。

虫の文化的「味わい」をかみしめることもよいかもしれない。

（２０１７・11・20）

聾唖の人との心の交流

長野市三輪の城東小学校は、近くにある長野ろう学校小学部と四十年以上にわたって交流し、その活動が表彰されて、本紙でも紹介された。

両校の児童たちが一緒に給食をたべている写真も掲載されたが、皆Ｖサインをかかげた姿で写っており、写真を写す側と写される側との無言の、温かいコミュニケーションが感じられ、同時に仕草の持つ社会的意味をあらためて考えさせられた。

そして、昨年、東京渋谷の小さな劇場で、聾唖《ろうあ》の世界を描いた二つの映画を見たことを思い出した。北野武監督作品「あの夏、いちばん静かな海。」と、フランスのドキュメンタリー映画「音のない世界で」だ。

前者は劇映画であり、後者はドキュメンタリー映画だが、北野監督の映画も、劇映画とはいえ、目まぐるしいストーリー展開があるわけではない。廃品回収会社に勤める聾唖の青年が、サーフィンに熱中し、大会で入賞するまでの過程を描いたものだ。それだけに、聾啞者との意思疎通について二つの映画の描き方の違いに興味を覚えた。

日本の映画では、聾啞者同士、あるいは、聾啞者と健聴者との間のコミュニケーションが、以心伝心によって行われる場面が多かった。ところがフランスの映画では、読唇術、手話、そして最新技術を用いて聾啞者が言語を発声できるように訓練するなど、あくまで言葉や手話を通じてコミュニケーションを取ることが中心となっていた。

城東小学校のこどもたちは、おそらく、以心伝心的なコミュニケーションと手話や仕草による意思疎通との双方を通じた交流を行い、そうした交流による「心の通い合い」の重要さを心に刻んだであろう。現に、この小学校の活動が表彰された理由も「子どもたちの心を育む」ことにあったという。

（２０１８・２・19）

おかいこ談議

この新聞の題字の背景は桑の葉である。それは養蚕業の源である蚕と桑の葉が信州の誇りだったからだろう。最近、下伊那郡阿智村のコミュニティ館で蚕の飼育が試みられ、信毎こども新聞が蚕特集をしたのも、そうした歴史を背景としていよう。

事実、かつて蚕は「おかいこさま」と愛称されたように、農家の生活上、大切な存在だった。一匹（正確には一頭）の蚕が繭を作るために吐く糸は千メートル以上に上り、それから絹織物ができるわけで、蚕はまさに貴重品だ。

しかも、蚕は昆虫の中でほとんど唯一、完全に「家畜化」されたものだ。すなわち人間に飼育されなければ生存できないのだ。

それだけに、蚕は人々の生活と密着しており、蚕を育てる人間の態様が、蚕の成長に影響するという考え方が生まれた。そこから、お葬式を出した家の者は、他家の蚕室に入ってはならないといった、蚕をいわば「神聖視」する風習もでき、蚕神や蚕霊を祭る行事も催されてきた。

そうした、蚕にまつわる伝統や風習も手伝ってか、東京の中心、皇居の内にも桑畑があり、蚕が育てられている。その品種は「小石丸」という。

この品種は、明治時代までは盛んに育てられていたものの、その後、生産効率の良い一代雑種が全国的に普及したため、今日ではほとんど飼育されていない。その小石丸が、皇后陛下自らもお手入れされて育てられているのだ。この貴重な蚕から取れた絹糸は、正倉院の御物で、絹を使っているものを修復する際などに活用されていると聞く。

たまたま、民族音楽の研究者として名高い徳丸吉彦氏を通じて、小石丸から作られた絹糸を一筋頂戴し、日本の伝統楽器の一つである一弦琴に張って民謡を奏でてみたが、どこか、昔を偲ぶような音色に聞こえたのは気のせいばかりとは言い難い。

（2018・8・6）

鹿肉談議

近年、信州牛ならぬ信州産鹿肉が、地元をこえて知られてきており、また、伊那市では「鹿肉入り南蛮そば」なる新料理を考案する店まで出ているようだ。

しかし、鹿肉もステーキ風に食べるとなると、何と呼んで人々の食欲と心を躍らせるかに工夫が必要だと思う人もいるだろう。ジビエ（野生鳥獣肉）という言葉を使おうという声もあるようだ。モミジ肉という優雅な呼び方もあるそうだが、馬肉の桜肉、猪肉のボタン肉と比べると浸透していないようだ。

そもそも、わが国では、動物の肉の呼び方がいささか単純すぎる。牛は牛肉、豚は豚肉、鳥は鳥肉であって、味けない。

しかし、英語では生きた動物とその肉は、言葉自体が違う。オックスまたはカウ（ともに生牛）に対して肉はビーフであり、ピッグ（生きた豚）に対して肉はポークである。

牛肉にいたっては、テンダーロイン（腰肉）、サーロイン（上部腰肉）、ランプ（尻上部分）等、ちょっとしたレストランではいちいち区別をつける。

フランス料理でも、牛肉についてはフィレ（腰肉）、アロワヨ（上部腰肉）、バヴェット（上腹部）など、これも区別がきちんとしており、比較的安価な料理店ですら単にビーフステーキなどと銘打つことは稀だ。

鹿肉の場合、フランスでは、雄鹿と雌鹿は、同じ鹿（生体）でも名前が違う。前者はセール、後者はビーシュであるため、どちらの肉か料理でも区別して呼ばれる。しかも、ややこしいことに、肉として供される雄鹿は、多くが小型で、その生体がシュヴリューユと呼ばれるため、雄の肉はそう呼ばれ、雌の鹿肉の場合は、普通ビーシュという。

こう見てくると、信州鹿肉をどう呼ぶか、雄雌の区別をするのかなど、工夫が必要かもしれない。

（２０１８・11・12）

信州星空観光？

荒海や佐渡に横たふ天の川

有名な芭蕉の句だ。

星垂平野闊（星垂れて平野広く）

月湧大江流（月湧いて大河流る）

杜甫の名句の一節である。いずれも、夜空に星を眺め、広い宇宙を想う雄大な詩歌だ。

清少納言も枕草子の中で、ひこ星（牽牛星《けんぎゅう》）、すばる（昴）、夕つづ（金星）などに言及している。

古来、星は、恒星、惑星を問わず、天文学の対象となるのみならず、詩歌、占い、信仰などと結びついてロマンをかき立ててきた。天の川をはさんで、年に一度出会う牽牛、織女の物語はその典型だろう。

けれども、近年、空を眺めて星を観賞することは、次第に難しくなっている。それは、地上からの電気の明かり、飛行機や人工衛星の明かりなど、人間のつくり出す文明の利器のおかげで、暗い夜空に満天の星を眺める機会が、特に都会では少なくなっているからだ。

中には「光汚染」ということを言い出す人もいる。例えば、ゴッホの有名な星空の絵は、南フランスのサン・レミという場所で描かれたというが、今日のサン・レミは明るすぎて、夜空の星の観賞はほとんどできない状態という。

明るすぎる環境は、睡眠を妨げ、心臓や血液の循環に悪影響を与えるともいわれる。人間だけではなく、動植物の生態にも影響し、地球環境をゆがめることもあろう。

そうとすれば、思う存分星を観賞できる地域を対象に、もっと星空観光ツアーを行えばどうだろう。

「明け方、昴が中天にかかる時に、ソバの種をまくとよく育つ」という言い伝えもあると聞くが、信州のそばどころでの星空観光ツアーなら、夜空の星の下でおいしいそばを食べ、地酒で一杯やりつつ、一句ひねることもできるのではないか。地球環境保護にもつながる観光かもしれない。

（２０１９・９・９）

一校一国、一店一国運動の教訓

一九九八年の長野冬季五輪・パラリンピックの貴重な「遺産」の一つは、その際、県内で繰り広げられた国際教育・交流活動で、一つの学校が一つの国を選んで親善交流するという事業だった。この「一校一国運動」は、素晴らしい構想として国際的にも注目を浴び、その後の五輪大会でも見習うところも出てきたことは、よく知られているところだ。

五輪大会期間中だけではなく、これが縁となって、その後も国際交流が続けられたケースもあり、いろいろなエピソードが展開されてきた。現在、東京五輪・パラリンピックを控えて、関係者は、あらためて、長野大会の「教訓」を想起すべきだろう。

教訓とは、貴重な国際教育事業が実現されたこと自体もさることながら、それが行政当局の「押し付け」というより、市民の側から盛り上がった運動だったという点である。

先日、九二歳で亡くなられた小出博治氏は、まさに、この市民運動の中心人物だった。当初、この運動を進めるのは容易ではなかった。校長会の賛同が得られず、教頭らを説得するなど苦労もあったと聞く。それでも、最終的には七十校余りが参加した。

こうした運動と並行して「一店一国運動」が長野市街地の写真店主、故山本真一郎氏によって発案された。この運動も当初は、そんなことはしたくないという消極論者も少なくなかったのを、山本氏らが一店一店回って説得し、実現したといわれる。

また、パラリンピックと同時に開かれ、後に全国的に注目された文化行事「'98アートパラリンピック長野」も、「ながのパラ・ボラの会」という市民のボランティアグループの活動から始まったものだった。

このように長野五輪の成功の鍵は市民、県民の熱意と活動にあったのであり、そのことの意味を、五輪大会を控えた東京都民、そして日本国民は、よくかみしめねばなるまい。

（2021・7・5）

2016年7月1日、長野市の三本柳小学校をボスニア・ヘルツェゴビナの子どもたちが訪れ、夏祭り体験を共に楽しんだ。小学校では、1998年長野冬季五輪の際の一校一国運動をきっかけに、ボスニアの選手や学校と交流を継続。この日のために準備してきた児童たちは親近感をさらに高めた＝16年7月23日付·信濃毎日新聞「信毎こども新聞」掲載（239ページ「一校一国、一店一国運動の教訓」参照）

第七章

折々の思い　I

《五感の諸相》

香りの復権

フランスのある化粧品会社が経営難に陥って身売りすると云う記事を、ル・モンド紙上で読んだ。経営難の原因に触れたところで、オヤッと思った。この会社は、海外戦略に失敗した、例えば日本へ香水を売り込もうとしたが、そもそも日本人は強い香りの香水は嫌いなのに、よく市場調査もしないでキャンペーンしたのが悪い—そんなことが書いてあるのだ。

確かに、現代の日本では、香りは、臭い匂いを消すための、清らかな、涼しげなもの—と云った考えが主流のようだ。極端な云い方をすれば、香りは臭さを消すためのものになっている。けれども、古来の日本の伝統文化は香道の例を引くまでもなく、文学でも茶道でも華道でも、「香り」は美的創造性の一つの要素として重視されてきた。云いかえれば、香りは、個性の表現であり、雰囲気の演出であり、官能的メッセージの伝達手段だった。

フランスでも、ナポレオンと妻ジョセフィーヌとは、香水の好みが違ったために離婚したと云う説があるくらい、香りは自己表現の手段とみなされてきた。今日でも、フランスのおしゃれな女性は、概して、強めの個性的香水をつけており、香りをかいだだけで、ああ、あの女性だと分かる時があるほどだ。それだけに男性も、女性のつける香水に敏感で、称賛したり、お世辞を云ったりすることが一種の社交辞令だ。

現に、ある国際会議で、参席者が、隣に座ったフランスの女性代表がつけている香水の名前をあてて、その女性に嬉しがられ、後に交渉がうまくいったという話すらある。

日本男子も、昔に帰って、女性の「香り」を共に楽しみ、もっと広く、深く味わうようにならないものだろうか。そして大和なでしこもそれに応えて個性的香りを創造してはどうだろうか。

闇に香る梅の花や霧に漂う沈丁花《じんちょうげ》など、自然の香りを鑑賞してきた大和民族は、「人工」の、それもやや「動物的」香りの演出にも優れてよいはずではなかろうか。

（2005・2・7）

鐘の響きと心の響き

徒然《つれづれ》のままにテレビのチャンネルを次々と回していると、時代劇専門チャンネルで、懐かしい川口松太郎の小説を映画化した「蛇姫様」を上映していた。旅芸人に身をやつして仇討《あだう》ちを果たそうとする男と、その男にほれた女芸人が、姫君の前で舞う。舞の背後に聞こえる歌のセリフは、有名な能「三井寺」の鐘の段の一節だ。

諸行無常の響きを鐘の音に感じることもあれば、百八煩悩の音色を聞き取ることもあろうし、きぬぎぬの別れを惜しむ気持ちや待つ宵のやる瀬なさを鐘の音に重ねることもある―それが古来からの日本の伝統の中の鐘の音の「情緒」だった。

柿くへば鐘が鳴るなり法隆寺

という有名な子規の句も、神妙に聞き入るべき鐘の音を逆手にとって軽妙な滑稽さを加えたものと云える。

日本ばかりではない。西洋音楽の世界でもリストのラ・カンパネラやラフマニノフのピアノ前奏曲など、鐘の名曲と云われるものがあることは良く知られている。ラフマニノフのものなどは、終わりの部分にどこか東洋的余韻を持っている。ドビュッシーの前奏曲にも鐘の音が足音のように響く曲があったと記憶する。ラベルの「鏡」の中の鐘の響きになると、鐘の音によって空間的な広がりが迫ってくるように感じられる。

考えてみると、鐘の音は、ほとんどの場合、遠くから聞こえるものだけに、音とともに空間的広がりが私たちの心の中に意識されるのだろう。それも、物理的空間と云うよりも、想像の世界の広がりこそが、鐘の音に耳を傾ける人の心を打つのかもしれない。

もっとも、更に一歩進めると、鐘の音の響きは、私たちの心の中にこだまのように反響するものがあってこそ、そこに深い思いがこもると云えるのかもしれない。鐘の音のよしあしより心の中にこだまするものを持っているか否かが、鐘の音の「味」を決めるのではないか。

善光寺さんの鐘の音も、私たちが、自らの心の中にこだまするものを持っているかいないかでその響きが全く違って聞こえるのではあるまいか。

（２００５・２・21）

悲劇の銅像

銅像や石像を広場や町の中心に据え付けることは、日本ではあまりはやらない。

第二次大戦後の日本の政治家の銅像で著名なものと言えば、東京北の丸公園の吉田茂像と岐阜羽島の新幹線駅前に立つ大野伴睦氏の銅像ぐらいではないか。

おかげさまでと言うべきか、それとも大掛かりな革命運動や独立運動がなかったせいもあってか、日本では、銅像や石像などの彫像を引き倒したり破壊したりなどということも、ほとんど聞かない。

けれども、革命と反革命の歴史に満ちたロシアやフランスでは、彫像の引き倒しや破壊はまさに劇的に行われてきた。ドゴール大統領が最後まで自らの銅像の建立を拒み、ドゴールの銅像がパリに建てられたのは死後十年以上経ってからだったのも、栄光の象徴たる銅像は政治的破壊の対象にもなり得ることを、十分知っていたからかもしれない。

一九九〇年代のソ連邦崩壊の際には多くの場所でレーニン像が倒され、ウズベキスタンでは、独立運動家たちが、ウズベクの文化の固有性を主張して、「ゴーゴリからゴーリキーまで」(最近日本でも上演されたウズベクの音楽舞踊劇『コーランに倣いて』の演出をした、マルク・バイル氏の言葉)全てのロシア人の作家の彫像を、首都タシケントから撤去した。その中でただ一人、ロシアの詩人、プーシキンの彫像だけは残された。

その理由は、ウズベクの人たちに聞いてみても、よくわからないという人が多い。しかし、もしかすると、それは、プーシキンが栄光の詩人の代表ではなく、迫害と悲劇のシンボルであったからではないか。

思えば、上野の山の西郷隆盛の銅像も、西郷の英雄的行為や栄光を顕彰するためのものではあるまい。悲劇的死を遂げた西郷のシンボルだからこそ、銅像はいつも上野の山に立ち続けているのではないか。

栄光の銅像は倒されても、悲劇の記念碑の彫像は倒されることがない。なぜなら彫像を倒す者は、自らがいつ悲劇の主人公になるかもしれないことを、心の奥で知っているからである。

(2007・3・26)

恋の「香り」

南面《みなみおもて》をたいそうきれいにしつらえてあります。空薫物《そらだきもの》のかおりが心にくくただよい、名香《みょう》《ごう》の香《か》などもあたりに満ちているのですが、君のお袖の追風《おいかぜ》がひとしお妙《たえ》に匂い渡りますので、奥に隠れている人々も何となく胸をおどらせる様子…（谷崎潤一郎訳）。

源氏物語の「若紫」の一節。光源氏が、のちの紫の上を、北山の某寺院の僧坊で見初める有名な場面のひとこまだ。ここでは、おそらく女性たちの着物にたきこまれた香り、それに仏寺の名香、そして、源氏の君の衣の妙なる香り、といくつもの香りが、二人の恋の始まりを象徴するかの如く、重要な媒体の役を果たしている。

事実、平安時代にあっては、香りは、その人の人柄や容姿を想像させる重要なヒントだった。香りは、まさに、コミュニケーションの手段だったのだ。

そして源氏も、また源氏をとりまく女性たちも、自分の香りを作り、それを自分の特徴なり魅力として誇った。人々はこの魅力に酔った。香りは人をひきつける触媒だった。

このことは人間のみならず、植物と昆虫の関係、あるいは動物の行為についてもあてはまる。性行為は香りと不可分なことが少なくない。それは、おそらく香りが生きものの本能をかきたて、また人間にあっては連想力をかきたてるからだろう。

ほのかな香りが漂ってくるのを感じて恋人の来訪に胸をときめかすこともあれば、愛しい人の去った後の残り香を感じて、逢瀬《おうせ》の陶酔を懐かしむこともあろう。あるいはまた、恋人たちのかもし出す「香り」から二人の恋に第三者が思いをはせることすらあろう。

源氏物語で、「君のお袖の追風」の香りが描かれているのは、まさに、連想と香りの関係を美しく匂わせていると言える。

（２００８・10・20）

日曜日の香り

九五歳の誕生日を迎えた母は、流石《さすが》に同じことを繰り返して話すことも頻々だが、時として長い人生経験を経た人間でなければ云えないようなことを口にしてこちらを驚かすことがある。

先日も、三〇をこえた娘（母にとっては孫娘）が、いまだ就職もせず、子供も作らず、夫と海外旅行をすることに熱中していることが話題となった。

困ったものだとこちらがつぶやくと母は、「今は知識や経験を吸収する時ですよ。大きな目で見てあげなくては」と云う。

そうかと思うと、日曜日にこちらが出かけて行くと、玄関先にはきちんとスリッパがすぐはけるように揃えておいてあるほどで、随分と気が回るところを見せたりもする。

その母の誕生日に、何がほしいかとたずねると、「老人は、いわゆる老臭というものが出がちなので、すっきりとした香りのオーデコロン、それも簡単にスプレーできるものを買ってほしい」という。

それではと二、三、香りをためしてみたあと、これならよかろうとニナリッチのオーデコロンをプレゼントしたところが、あにはからんやスプレーする口を指で相当強くおさねばならないのだ。九五歳の母の手ではなかなかうまくゆかない。

それではこれからはスプレー型ではなくちょっと腕や手に滴らす型のものにしようかと提案すると、母は、いやいやこのスプレーを残しておいてほしいという。日曜毎に息子がたずねて来た際、これをふりかけて貰い、「日曜日の香り」として香りを楽しむ方がおつだからだという。

ではこのオーデコロンは「日曜日の香り」と名づけて、日曜毎にスプレーしてあげようということになったのだが、九五歳の老人のしゃれ気にあらためて驚いている。

老臭は老臭ならずというところか。

（２００９・８・10）

災害と「日本人論」

「アパートの外は静かで、一瞬、さっきの地震は嘘だったのかと思うほどだ。いくらもたたないうちに、住民が続々と玄関を押し開けた。赤ん坊の泣き声や大人たちのひそひそ声が時折聞こえてくる。しかし驚き慌てる様子は見えない。（中略）続々と建物から出てきた人の足取りは、とりたてて乱れておらず、終始平静で、しかしとても素早かった」（「にっぽん虫の眼紀行」、文春文庫）。

これは神戸で大震災を自ら体験した中国人作家、毛丹青氏が書いた文章である。

それだけではない。関東大震災の際も、外国人の残した手記の中には日本人の群衆は、驚くべき沈着さを持っていたと書かれているものもある。今回の震災でも、多くの外国の報道機関が被災者の冷静な態度を「謎」として報じたことは記憶に新しい。

この「謎」に対して一部には、これこそ日本人が普段から感情を抑制することに慣れている証拠であるとか、あるいは、日本人の「集団主義」の表れであるといった解説もあるようだ。

一昔前に流行していた「日本人論」というか、ステレオタイプ（固定概念）論がまたまた登場してきたきらいがある。しかし、震災に対する日本人の反応に驚く方がおかしいのではないか。

未曽有の災害を前にしても、鳥は平然と鳴き、ありはうごめき、蝶は舞う。しかし、人間は失われた過去への憶いと不確かな未来への懸念にとらわれがちだ。そこで唯一できることは、災害を自分だけのものと見ずに、学校なり、職場なり町全体のものと受け止めて、互いにあわれみ、互いに励ましあうことではないか。そこに人間らしさがある。

大災害への日本人の冷静な反応は、まさに日本人が最も「人間らしく」行動しようとしたからではあるまいか。

（2011・6・20）

傘のロマン

シビル・ウェッタシンハ氏。このスリランカの女性絵本作家が、最近日本の某新聞社の文化賞を受賞したと聞いて、作品の一つ「かさどろぼう」を読んでみた。

傘など使うことのない田舎から出て来た人が、町に点在する色とりどりの傘を見て感激し、村へもってかえると、誰かにその傘を盗まれてしまう。そんなことを繰り返しているうちに、人間の心の奥にあるべき純真さの重要性にきづくというお話だ。

考えてみると、一昔前までは、傘は、人の心と結び付いていた。急に雨が降りだして、お母さんが子供を駅に迎えに行く、そこに親子の心の通い合いや衝突がある。相合い傘となると、偶然の男女の出会いが演出された。

ところが昨今は、天気予報が発達し、携帯用の傘が普及し、コンビニには使い捨てにしてもよさそうな安価な傘がいつでも置いてあるせいか、傘は、人間の心からはなれつつあるように見える。

美しくデザインされ、色華やかな女性用の傘、イギリス紳士を思い出させるような、重厚でおちついた、長柄の傘などは少なくなって、傘はわずらわしいとばかりに、色や形はどうでもよいと、安物ですます人々も増えている。便利性ばかりが大手をふる世の中になっているせいなのだろうか。

かつては、「夜目、遠目、かさの内」といって、どこか傘や笠にはロマンがあり、だからこそ、「シェルブールの雨傘」などというミュージカルの名作映画までできたのではなかろうか。日本舞踊でも、傘や笠をうまく使って踊りをひきたてることがよくあった。

ところが、近年は、核の傘などという物騒な言葉まであらわれて、傘のロマンは消えつつある。もう一遍ウェッタシンハ氏のいう「内なる子供」心を取り戻したいものだ。

（2012・6・4）

屏風の精神の復権

屏風というと、病人の枕元に風よけのために置くもの、間仕切りのためのもの、部屋を飾る装飾品としてのもの、さらには、金屏風のように儀式や演芸の背景に用いるものなど、その用途はさまざまだ。最近は、外国の影響もあってか、屏風を大きな絵画とみなし、壁にかけて固定して鑑賞する人も少なくない。

しかし、屏風本来の味は、やはり、出し入れ、そして折り畳みが自在であること、しかも通常、紙や絹と木でできているので通気性や柔軟性があることではないか。屏風を固定して壁にかけたり、部屋の隅に同じ形で一年中置いておくのは、屏風の味を損ないかねない。

しかも、屏風の味は、実は深いところにあるように思える。たとえば、屏風の向こうの音は、聞こえないようで聞こえる。屏風の陰の人の気配も、見えないながら感じ取ることもできる。それに、なによりも、屏風は、自在に畳めるところに味がある。畳み方によって、自ら空間の仕切りを変え、新しい空間をつくることができる。

その一方、屏風は、一つの区切りであるから、金屏風の前に立ってあいさつする新婚さんや、屏風を背に踊る演者は、みずからを浮き立たせるとともに、はれがましさという空間を周りにつくり上げている。いわば、物理的な空間をこえて、精神的な空間の演出に屏風は一役買っている。

新聞も紙媒体として、折り畳むことができる。広げたり、小さくたたむことによって、読みやすくする効果もあるが、同時に、記事の内容とあいまって、ある種の精神的空間の創造と仕切りの効果を持ち得るのではなかろうか。屛風の精神の復権は、新聞の復権にもつながろう。

（２０１４・２・10）

水中、空中の音と自然環境

航空機、ヘリコプターなど空を飛ぶ人工的飛行体や、潜水艦、モーターボート、船舶など海や湖を走る人工物体は、かなり大きな音を発する。そして、こうした「音」は、交通、輸送の便やレジャーの楽しみの象徴であると同時に、飛行場周辺の住民が騒音に悩まされているように、その裏側でいろいろな弊害をひきおこしている。

ところが近年、こうした空中や水中の騒音が、人間だけでなく、空や水に棲む生物に影響を与え、生態系に歪みを生じかねないことが問題となっている。例えば、潜水艦のスクリューの騒音は、イルカやクジラに影響し、不自然な行動の原因ともなるとされる。

元来、音は生物にとって、敵を見分ける際の信号の一つであり、ある種の熱帯魚は、モーターボートの音のせいで、近づいてくる天敵から身を守れず、モーターボートが盛んな地域では熱帯魚の死亡率が高いという研究もあるようだ。そうでなくとも、騒音は魚を刺激し、酸素の吸入量などに影響を与え、生態をかき乱すおそれもあるという。

他方、鳥のなかには、昆虫の発する音をたよりに虫を食べる鳥があり、コウモリなども、虫を食べる際には、音感にたよることがあるらしい。

こうしてみると、空中や水中の騒音は、哺乳動物から魚、また鳥やコウモリなどの生態に、目に見えない影響を与えており、地球の生態系の保護という観点に立つとき、騒音の人間への影響のみならず、他の生物への影響に配慮しなければならないことになる。

もっとも、騒音の裏側として、美しい音色の音楽でイルカを刺激できるのか、また、楽しげな鳥のさえずりは森の動物たちにどういう影響を与えるのかといった、美しい音の効果も考えねばなるまい。

（2016・3・14）

未来を嗅ぎ取る？

今年は戌《いぬ》年のためか、新年早々犬にまつわる話をよく聞く。安倍首相も、新年の挨拶のなかで、犬の嗅覚は、人間の一億倍もすぐれているとされるが、われわれも嗅覚をよく働かして、未来の動向を嗅ぎ取らねばならない、との趣旨を述べていたが、嗅覚の機能はなかなか微妙だ。もともと嗅覚は、敵と味方を区別したり、害をなす物質をみきわめたりする機能をもつ。しかし、人間世界での敵味方の区別や有害物質の検証は嗅覚に依存する場合は少ないから、勢い、現代の人間の嗅覚は、動物に比べて鋭敏ではないのではないか。加えて、においや香りをみきわめる感覚は疲れやすいといわれ、同じにおいに長くさらされると、においに敏感でなくなるという。

それに、においや香りの「記憶」やその言語上の「伝達」はなかなか難しい。色なら赤、青、黄色といえばよいし、音も、ゴロゴロ、チャンチャン、キンキンなど、音を表現する言葉は数多《あまた》ある。ところが、においとなると、汗臭い、酒臭い、あるいは何々の花の香りとか果物の香りというように、具体的な「モノ」を引き合いに出して連想にたよる以外、適当な表現を見つけ難い。

マルセル・プルーストの小説「失われた時を求めて」の香りにまつわる有名な一節でも、紅茶に浸したマドレーヌ菓子の香りは、まさにお茶とお菓子の香りであり、表現する特別な形容詞が沢山登場するわけではない。香水やワインの香りの表現も、皮、果実、花などの具体的な「モノ」を引き合いに出すことが多い。

従って、未来を嗅ぎ取るにも、何か具体的な「モノ」を想定しないといけない。思想や倫理、哲学といった抽象的理念は、未来を嗅ぎ取る触媒とはなりにくい。もっとも、未来が「火薬」臭かったり、「おカネ」のにおいばかりだったりでは困るのだが…。

（２０１８・１・22）

紫色の意味するもの

米国で先月行われた正副大統領の就任式で、カマラ・ハリス副大統領は、米国では比較的珍しい色、薄紫色のコートを着て現れ、その意図について、いろいろ臆測を生んだ。

一つには、紫色は二〇世紀初頭、米国で婦人参政権運動が広がった際、推進母体の政治団体が、紫色こそ、忠誠、一貫性、堅固さの象徴であるとして、運動のシンボルカラーと称したことがあり、女性初の副大統領登場のシンボルとしてふさわしい色だという見方もあるようだ。

他方、かつてヒラリー・クリントン氏が、米国の深刻な分断の端緒となった大統領選に敗れた後、共和党の赤と民主党の青を混ぜた色である紫の服を身につけ、和合を呼びかけたように、今回も米国社会の分断を治癒するための和合の色として紫を選んだのだという論者もいる。確かに、ジル・バイデン夫人も、コロナ禍で犠牲となった人々の追悼式には紫色のコートを着て出席しており、こうした一連の紫の活用は、共和と民主、あるいは右と左との和合への静かなるアピールとも解しえよう。

さらに、米国で最高の名誉とされる軍功勲章のパープルハート（ハート形で紫色）勲章は、紫色が正義や威厳を象徴しているとされており、それも関係しているかもしれない。

元来、西洋でも東洋でも、紫色は高貴さと結びついてきた。中国の皇帝の色は黄色だが、皇帝の上に君臨する天帝の色は紫であり、北京の宮殿も紫禁城と呼ばれる。ローマ帝国でも、巻き貝からとれる紫色の染料が珍重され、紫は長く皇帝の色とされていた。

日本では、根から紫色の染料がとれるムラサキという植物があり、万葉時代から歌に歌われ、その「縁」は回り回って、紫式部、そして源氏物語の女主人公、紫の上に至り、京都御所には紫宸殿《ししんでん》もあり、江戸紫もある。

こうした歴史を鑑みたとき、現代日本では紫は何のシンボルになるだろうか。

（２０２１・２・８）

第八章

折々の思い Ⅱ

《政治的演出》

政治家の声色

愛知県知事選、北九州市長選も過去のものとなり、これからいよいよ夏の参議院議員選挙へ向けての激しいキャンペーンが繰り広げられる気配だ。

選挙には演説や、政見放送がつきものだから、政治家も「声」が大切だ。「声」には大きさだけでなく、高低や響き具合（重々しいか、軽いか）、さては発音の仕方まで、いろいろな要素があるだろう。地元の方言や訛りを使った方が親しみやすさが出て良い時もあろうし、重々しく標準語で言った方が風格が出て味がある時もあろう。日本ではどちらかと言うと声を張り上げるタイプの人が多いようだが、クールな若者たちから見ると絶叫型はこれからは流行らないかもしれない。

問題はどこで声の「演出」をするかだろう。五月に大統領選挙を控えたフランスでは、保守系候補のサルコジ氏が最近演説の口調を控えめに、かつ重厚にしている。それも大統領候補らしい威厳を印象づけようとしているためだ、という見方も出てきているほどだ。

対抗馬の社会党のロワイヤル女史は、飾り気のない、どこかぽつりぽつりとした感じのする口調で、あまり抑揚をつけないが、それがかえって親しみやすさを与えており、人気を支えるのに役立っているという人もいる。

事実、フランスの公共放送を衛星中継で聞いてみると、ロワイヤル女史の口調は、飾り気や気負いがなく、至って自然で親近感が染み出ている。

ドーバー海峡の向こうのイギリスでは、退任間近いブレア首相の率いる労働党の議員の中には、労働党員らしさを出すために、わざとロンドンの下町の労働者のアクセント（いわゆるコックニー）を少し交ぜながら話す人もいると聞く。

しがない路傍の花売り娘を教育し、その話し方を発声学の専門家の特訓によって矯正し、貴婦人並みに仕立て上げて社交界にデビューさせた物語の「マイ・フェア・レディ」が思い出される。

階級によって発声やアクセントが著しく違うというイギリスの社会的伝統を逆手にとって、有名大学出のインテリ政治家が庶民性を出そうとする行為は演出と言えるだろう。政治家も声の演出が今まで以上に必要になる時代に突入したのかもしれない。


（２００７・２・19）

政治と「女らしさ」

女性の政治家にとって、「女らしさ」をどう演出するかは、その国その国のお国柄もあって、なかなか難しい問題のようだ。たとえば、女性の政治家が、やたらに、男女の区別なく握手の手をさしだすことは、国によっては、眉をひそめさせることになりかねない。

他方、伝統的な女性のイメージも忘れていないとばかり、家庭を大事にしていることを世間にアピールしようとすると、今度は、一部の「女性運動家」が、柳眉を逆立てかねない。「鉄の女」のサッチャー首相が、エプロン姿で料理している写真を宣伝したときも、いろいろな反響があったようだ。

男の政治家が、「男らしさ」をわざわざ訴えなくともよいのに比べると、やはり女性政治家をめぐる社会の意識には、依然問題があるように見える。

こうした女性政治家における「女らしさ」を特に考えさせられたのは、韓国の大統領選だ。保守政党の候補、朴槿恵候補は、言うまでもなく朴正煕大統領の娘だが、父親と母親双方が暗殺され、自分も数年前、顔を切られるという悲劇を体験した女性だ。

けれども、彼女はいつも笑顔を絶やさず、どこか「女性的」な柔らかい雰囲気を漂わせている。彼女とかつて、ソウルの郊外で、テニスをしたことがあったが、奇麗なフォームの、優雅なスタイルだった。

その彼女の内にひそむ使命感と愛国心は、彼女が、独身であることをあげつらう人々に対して言った言葉、「私の夫であり、子供は、大韓民国です」との言葉に見事にあらわれている。

愛国心というとどこか軍隊調、男性的に響きがちだが、凜とした女性政治家の、この言葉には、本当の「女らしさ」がこもっていると思うと言ったら、韓国の人々は何と論評するだろうか。

（２０１２・12・17）

偶像化と人間化

東照宮は、東照「神君」を祭ったものであり、乃木神社は、乃木将軍を神として崇めたものだが、日本ではこうした神格化や偶像化は、大正時代を最後にほとんど存在しない。

ところが、中国では長く毛沢東国家主席の神格化が行われ、ソ連でもレーニンの例があった。神格化や偶像化が行われると、その人を特別に崇める記念堂、廟《びょう》堂、神社などができる。また、各地に石像や銅像が建てられたり、その人の「語録」が聖書のようにあつかわれたりする。

写真の上でも、厳しい、権威のある風貌が重視され、そのために、写真を修正することもしばしば行われてきた。毛沢東が若き頃に気さくな格好でタバコを吸っている写真（原画）が、偉人にふさわしくないと修正された例もある。

その一方、近年、国によっては、そうした英雄、偉人たちの人間的側面を強調する試みもしばしば見られる。

ベトナムでは、ホー・チ・ミン初代国家主席は、廟堂があり、神格化されているが、他方、「ホーおじさん」と呼ばれ、気さくな雰囲気で麦藁帽子をかぶってタバコを吸っている肖像画も見られ、「人間化」も行われてきた。

最近、中国で、毛沢東の妻で、国民党系の軍によって処刑された楊夫人の書いた恋文がテレビで放映され、話題となったが、これも、毛沢東の「人間的」側面を強調せんとする試みとも考えられる。

北朝鮮でも、金正恩《キムジョンウン》氏が実名で主人公なみに登場する小説「火の約束」のなかでは、金氏は部下の夫人の容体に気をつかったり、大同江《テドンガン》の景色にうっとりしたりするような、人間性あふれる人物として描かれ、公式のプロパガンダで「神格化」されたイメージとちがった姿で出てくる。

宗教上はともかく、政治の上では神と人間、偶像と実像は裏と表であるということなのだろうか。

（2018・5・7）

服装の政治色

北朝鮮の指導者金正恩氏の夫人李雪主《リソルジュ》氏は、板門店《パンムンジョム》での南北首脳会談の夕食会に出席する夫に同行した際、ピンク色のスーツに、黒光りするハイヒール、そしてまぶたにはアイシャドー、唇にはピンクのルージュといういでたちで現れた。若さと春らしさのあふれる姿は、多くの韓国民にも人気を博したようだ。

しかし、ここには、十分計算された政治的演出があり、李氏の服装はいわば、政治的戦略に彩られていた。それというのも、夫人のスタイルは、地味な色の、いわゆる人民服に身をかためた夫とは対照的だったからだ。

いってみれば、金正恩氏の服装の方は、朝鮮民主主義人民共和国の権威と厳しい姿勢、そして、アメリカを代表とするいわゆる「西側」世界とは一線を画するという姿勢を象徴していたからである。しかも、首脳会談において側近として金氏に付き添っていた妹の金与正《キムヨジョン》氏は、地味なスーツにローヒールをはき、いかにも朝鮮労働党の幹部としての職業婦人らしい姿だった。

こうした対比の裏には、李夫人の役割はあくまで金氏の連れあいとしてのものであり、魅力ある女性としてのイメージを強調することによって、金氏の人間的側面をそれとなくにじませる意図が隠されていた。

ほぼ同じ時期、フランスのマクロン大統領夫妻を迎えての、トランプ米大統領夫妻主催の晩餐会で、メラニア・トランプ夫人は、フランス色を出そうと、シャネルのドレスを着て現れた。それも、シャネルのジャンプスーツを数百万円もかけて個人用に仕立て直したらしい。

ここには、「華麗さ」と「富」の誇示によってアメリカの豊かさと力強さをあらためて世界に発信しようとするトランプ政権らしい意欲が表れていた。ここでも、装いは政治色に染まっていた。


（2018・5・14）

白髪も政治色？

中国の習近平国家主席の頭髪に、最近白髪がめだってきたことをめぐって、「政治的論争」が生じている。一部の中国人も含め、中国問題の「専門家」の間では、習主席の白髪は、いまや専制的ともいえる権力を手にした習氏が、民衆に親しまれやすい「伯父さん」的イメージをつくりだすために、白髪を隠すことなく、自然にふるまっているのだという見方がある。

この見方は、その前提として、とかく中国の政治家は、これまで不自然なまでに黒髪に固執し、若いイメージを重視してきたという見解に基づいている。

たしかに、かつて毛沢東国家主席の写真などで、やや人為的なまでに黒々とした髪の、若々しいイメージのものが出回っていたこともあり、黒髪は、若さ、そして、健康とエネルギーの象徴として、「政治的意味」を持っていた。

中国ばかりではない。最近米国のトランプ大統領も、自分には白髪はないと、若さを強調する発言をしたと報じられている。もっとも、嘘と真の境界がはっきりしない発言が多いという評判があるトランプ氏のことだから、普通十万本はあるといわれる頭髪の中に本当は数十本の白髪を持っているかもしれない。

一方、中国は現在各種の困難をかかえており、習主席も苦労が絶えないため髪も白くなったので、習主席もそれを言いたいのだ、という見方もあるようだ。

いずれにしても、頭髪の色は髪形と並んで古来、儀式的意味や象徴的意義を持ってきた。女性の黒髪が、「性」を象徴するからこそ、それを隠す風習もでてきたのであろうし、また、白髪は、賢者や仙人、あるいは、知恵や経験のシンボルともされてきた。

そう考えると、習主席の白髪に象徴的あるいは政治的意味があるとしても不思議ではない。


（２０１９・３・25）

女性リーダーの服装

天皇陛下の即位にともなういくつかの行事を見ていると、新皇后はじめ女性皇族方のほとんどは、白ないしベージュのドレス姿だったが、なかに色つきの洋服で列席された皇族もいた。鮮やかなブルーだった。

ブルーは、ロイヤルブルーという言葉があるように、高貴さの象徴として使われることも多いが、赤や黄色などとちがって、どこか和やかさや和合を漂わせた色ともいわれる。

先般、英国の欧州連合離脱の期限延長を決める重要な欧州首脳会議で、主役ともいえる英国のメイ首相とドイツのメルケル首相は、ともにブルーの上着姿で現れた。ブルーは欧州連合旗の地色でもあり、和合への意欲を暗示させた。

和合といえば、米国大統領選挙戦で、トランプ氏に敗れたクリントン氏は、敗北宣言を行った際、襟が紫色のスーツで登場したが、これは、激しく対立した共和党と民主党をそれぞれ象徴する赤と青が、これからは紫色に融合して一つの米国を打ち立てたい、という政治的メッセージを込めたものといわれた。

他方、女性政治家は、女性の権利や団結を訴える際は、しばしば白い服装に身をつつむ。

トランプ大統領の年頭教書演説の是非や時期をめぐって、大統領府と議会が激しいやり合いをした後、ようやく議会での演説が決まると、その日、民主党の女性議員は、一斉に真っ白の服装で議会に登場し、とかく女性の権利擁護に消極的とみられているトランプ大統領に対して、団結して女性の意思を表示する行動をとった。

日本では、都知事選で小池百合子氏と激しく対立した丸川珠代議員が五輪担当相に任命された際に真っ白な服装だったが、知事への対抗心の表れという人もいた。

女性リーダーの服装の色は、そこに込められた微妙な意味を読み取る必要がありそうだ。

（２０１９・５・20）

握手再考

ドイツのベルリンで行われた会議で、メルケル首相が、近くの閣僚に手を出して握手しようとした際、相手が苦笑いしながら握手を拒み、メルケル首相も「あ、そうでしたね」と、笑いながら席に座った場面が全世界に報じられた。

まさに、新型コロナウイルスの感染を防ぐために、お互い握手することを避けようという意図であった。もっとも、これも、人々に握手を控えようと訴える、ある種の「政治的演出」だったのかもしれない。

政治的演出といえば、先月、米国下院における一般教書演説の際、トランプ大統領は、政敵である民主党の女性議長ペロシ氏が差し出した手を無視して握手せず話題となった。ここでは、握手の拒否が政治的対決姿勢の象徴となった。

同じように、冷戦が始まって間もない一九五〇年代のことだが、スイスのジュネーブで開催されたインドシナ和平会議で、米国代表のダレス国務長官は、中国代表の周恩来外相との握手を拒否し、共産主義中国との対決姿勢を世界に示した。

他方、その周恩来は一九七二年、従来対決してきた「米国帝国主義」の指導者ニクソン大統領が訪中した際、空港に出迎えたが、その時の握手の仕方と姿勢が、歓迎の意を表しつつも、一歩も引かぬといった堅固さを込めた、絶妙な握手であったことが話題となった。

最近でも、就任直後のマクロン仏大統領が、初めてトランプ氏と会談した際、しっかりと相手の手を握りしめ、なかなか離そうとしなかった姿勢が、「トランプ、何するものぞ」との意思を示すものとして喧伝《けんでん》された。

近年この国では、選挙となると、やたらに握手して回る政治家が少なくないが、この機会に、握手の是非、その仕方や意味について、皆で再考してみてはどうだろうか。

（2020・3・16）

政治家と諺

自民党を離党した前議員の選挙違反容疑について、自民党の有力幹部は、これを「他山の石として」党の綱紀、政治倫理のありかたについて自戒したいとの趣旨を述べたという。

これに対して、野党の幹部から、反省を口にするのに「他山の石」云々の諺《ことわざ》を引用するのは、事柄をあたかも自分の問題ではなく、対岸の火事なみに扱っているようで、納得しがたいという類いの批判が噴出した。

諺の引用（誤用？）が政治問題をかえって大きくすることになったともいえる。

政治家の諺で思い出すのは、実によく諺を引用したドイツのコール元首相のことだ。

日本の首相との食事を兼ねての会談の際、思うようにことが進まないと言って、「他人事にかかずらってなかなか自分のことに手が回らない」という趣旨を、ドイツ語の諺を引用して語った。

その部分を、ドイツ側の通訳が「紺屋の白袴」と訳したため、日本側では、この諺を知らない者もいて、「えっ、どういう意味ですか」と通訳にたしかめる者も出て笑い話になった一幕があった。

また、韓国の政府高官で、日本語に達者な人物が、日韓関係が荒れぎみのときに来日し、日本側との会談の際、日本が、韓国の与党（政府）とそれに反対する野党との間を取り持とうとする行為はかえって韓国内部の反発を招くとして、「叱り付ける姑《しゅうとめ》より、笑顔で仲立ちする兄嫁（小姑《こじゅうと》）のほうが憎い」という諺を引用した。

また、小泉元首相が訪仏し、当時のシラク大統領の前で、小泉氏が頭を悩ませていた日本国内の問題について愚痴をこぼしたとき、シラク氏は、自分からは何とも言いにくいが、友人として、日本の諺を述べたいと言って、寝た子はおこすなと語った。

さて、今回の補欠選挙・再選挙の結果を諺にすると、誰にとって「他山の石」となるのだろうか…。

（2021・4・26）

政治を刻む時計

北朝鮮の金正恩総書記が、数週間消息が不明であった後に、公開の席に登場した映像を見ると、従前と比べて痩せているように見えた。これは、金総書記の健康に問題があり、手術や治療を受けていたせいであろう、といった臆測を生んだ。

そして、金総書記が手首に着けている腕時計のはめ方が、以前とは微妙に違っており、これも体格が痩せたことを物語っているという見方もあった。このように、時計のはめ方も政治的情報の源となることがある。

また、腕時計といえば、昨年、ギリシャ正教の教主ともいえる人物が高価な腕時計をはめている写真が公表されたが、それが無駄遣いとして非難されると、写真はネット上で削除され、さらにまた、この削除が恣意的だと批判されると、今度は高価な腕時計をはめていない写真が公表されるなど、写真を巡って政治的騒動が起こったことが想起される。

他方、一九九〇年代末ごろ、橋本龍太郎首相と韓国の金大中大統領が英国で会談した際、「橋本─金大中、日韓友好」と刻んだ腕時計を、橋本氏から金氏に進呈するという案が実現しかかったことがあった。ここでは時計が国際的友好関係のシンボルになっている。

やや似たケースに中国の周恩来記念腕時計がある。生誕あるいは逝去から何周年の記念だったか失念したが、男女別に腕時計が製造され、周恩来首相をしのぶ人々の間で国際的にも話題となった。

このように、時計は、時として、政治的、外交的メッセージを伝えたり、時計を着ける人物の性格や体格を占うよすがともなり得る。

そんなとき、時計は、政治的、外交的情報の源となったり、あるいは、政治的意図を間接的に相手に伝達する手段となっており、言ってみれば、時計が、時を刻むばかりでなく、政治をも刻むものとなり得ることが暗示されている。
時計の歯車が、歴史の歯車の役を担うこともありそうだ。

（2021・7・19）

韓国の新大統領とチマ・チョゴリ

韓国で新しく尹錫悦《ユンソンニョル》大統領が登場し、これからの国策の方向が注目されているが、日本との関係もさることながら、もっと難しいのは対中国政策だろう。それというのも現在、韓国民の対中感情は微妙だからだ。

例えば、先般の北京冬季五輪大会の開会式で、チマ・チョゴリとも呼ばれる韓国の伝統衣装を着た女性が登場したのを見て、韓国国内ではネット上の抗議や批判が殺到した。チマ・チョゴリは韓民族特有の文化の象徴であるのに、あたかも中国由来のもののような印象を与える演出はけしからぬというのだ。

しかし、中国の東北地方には多くの朝鮮族が居住しており、中国国内の少数民族の衣装の一つとして登場したもので、韓国人がとやかく言うのは本来、筋違いのはずである。

それが、問題となった背景の一つに「キムチ論争」がある。

韓国の伝統的漬物のキムチは中国の「泡菜」という漬物と似ており、中国がその本家であるといった説を巡って「国家的」論争になった経緯もあり、とかく近年、韓国民は中国との張り合いに神経質になっているようだ。

また、韓服あるいは朝鮮服には、民族精神が込められており、国際的にも評判となった韓国のテレビドラマ「パチンコ」の中でも、服装が民族的抵抗のシンボルになっていると論じる者もいる。

もともと、韓国の伝統衣装といっても、上流階級は色付きで絹製のものを着用していたが、庶民、とりわけ農民は、ほとんど粗末な白衣を着ていた。

朝鮮美術に注目した思想家の柳宗悦は、白衣には悲哀がこもっているとし、豊かな色彩は権力や快楽を象徴するが、白は栄華や権勢からの隔絶を含意していると言った。

今、色鮮やかなチマ・チョゴリは富貴と権勢のシンボルになっているのでは、と尋ねたら、庶民に近づくと言って大統領府の引っ越しを決めた尹大統領は何と答えるだろうか。

（2022・5・16）

「白い手袋」談議

手袋というと、今では、防寒用か、さもなければ、外科手術のように特殊な作業のための「保護用具」として使われるものを思い浮かべる。しかし、歴史的には、女性の装身具の一つとして広く用いられ、特に白い手袋は男性でも正式な儀式の際の服飾の一つとして使われてきた。今日でも、海外の王宮などで正餐の際にサービススタッフが白い布製の手袋をつけている場合が多い。

日本では、選挙の候補者が遊説中に手を振ったり、演説でマイクを握ったりするときに白い手袋をつけている。テレビドラマで刑事が現場検証を行うときにも登場する。

そもそもどこで手袋を使うべきか。米国で最近、奇妙な論争が起きている。ことの起こりは、何億円もの価値のある古文書が発見され、競売にかけられることになったという新聞記事の写真だ。

この写真には、古文書に素手で触っている人物の姿が写っていた。貴重な古文書に手袋もはめずに素手で触るとは非常識だ―と、読者から新聞社に多数の抗議のメールや電話があったという。

たしかに、貴重な文書に素手で触るのは、文書に傷や汚点を残しかねないと見られがちである。ところが、古文書の専門家に言わせると、手袋、特に綿製のものは、手に汗をかきやすく、ほこりもつきやすい上に、手袋をはめると手先の触覚がにぶるので、古文書をうっかり傷つけたり、落としたりしがちだという。

思えば、手袋は、防寒、防疫などの実用的目的のほかに、象徴的意味を持つ。清潔さや高貴さなどを、それとなく表す手段ともなっている。女性がつける手袋も、肌を守るという実用的目的をこえて、美しさ、優雅さのシンボル的機能の方が重視される場合も少なくない。

そうとすれば、古文書も実際に検分するときは素手で触るが、人前で写真を撮るときは白い手袋をつけるのも、一興だろう。

（２０２３・４・３）

2017年5月25日、北大西洋条約機構（NATO）の首脳会議が開かれたブリュッセルで、初めて会談し、握手を交わすトランプ米大統領（当時・左）と、就任から10日余りのフランスのマクロン大統領【ロイター＝共同】（271ページ「握手再考」参照）

第九章　折々の思い　Ⅲ

《神、人間、社会》

天使の性と年

神道の神社やイスラム教の寺院には、通常偶像や彫像は飾られていない。然し、キリスト教の教会、とりわけヨーロッパ近代に建てられた教会では、一般に「偶像」、石像が目立つ。その中でいつも気になるのは天使の像である。

ヨーロッパの教会の中の天使の像は、胸がふっくらとしていたり、美しい脚の線が露出していたりするものも少なくなく、天使と云いながら、美少女か美少年のような、なまめかしさが漂う。しかもそうした天使たちが神聖たるべき「神」の像の周りを取りまいていたり、いささか魅惑的肢体をくねらせていたりするのを見ると天使とは何なのだろうかと自問したくなる。

一体天使は、大人なのか子供なのか。男なのか女なのか。

教義を重んじる人にとっては、天使は、天（神）の使いであるから霊的な存在であって、男とか女とか、人間くさいことを云うべきではない、と云うことなのかもしれない。

しかし、書物の上の概念をはなれて、天使を絵に描いたり、彫像に作るとなると、男女の差や年齢や肢体を意識せざるを得ないだろう。「天使の美術と物語」（利倉隆著、美術出版社）に依ると、天使は中世においては男性として描かれていたが、ルネサンス頃から明白な女性化が始まったと云う。

今日でも、少女の微笑みを、天使のようだ、などと形容するところからみると、天使は、どちらかと云えば、美少女のイメージでとらえられている。それは、天使が、清らかなもの、希望に充ちたもののシンボルだからであろう。

しかし、日本の伝統では、「高砂」のように、老いた男女が、清らかな存在として考えられていることからみると、日本へ来る天使は、お爺さん、お婆さんでもよいのではないかと云う気もしてくる。現にサンタクロースも、子供の心の中では天使のようなものだろう。

こう考えてみると、天使の性や年齢を一般化することはできないことになる。もっとも、西洋の諺《ことわざ》に、「天使がためらうような場所に愚か者は踏み込む」と云う表現がある。天使の性や年を論ずるのは、愚か者の議論だと天使たちに叱られるだろうか。

（２００５・２・14）

現代の天狗はどこに

天狗―と云うと、自分の才能や体験などを自慢して鼻にかける人物のことをさすと思う人も少なくあるまい。

昔と違って、今時、山で天狗の舞うのを見たとか、天狗に子どもがさらわれたなどという風評が立つこともない。

　しかし、もともと天狗とは何なのだろう。鼻が高く、赤い、怖い天狗面を被り、羽根の扇子などを持って飛びはねる天狗の姿は、今でも時折演劇の中に出てくる。盗賊が天狗の面をつけて商家に押し入ったりするドラマもよく見る。

　天狗の研究者に云わせると、もともと天狗は仏教の修行者が山に入って修行したところから始まり、山伏の伝統とつながり、それに山岳地帯特有のワシとかタカの神秘性が加味されて、天狗像ができ上がったものだと云う。

　しかし、大仏次郎の小説「鞍馬天狗」では、天狗は明治維新の志士を助けた剣豪であり、嵐寛寿郎をはじめ多くの名優が演じたこの天狗は、さっそうとした覆面の男で新選組と渡り合う存在だ。

　能「鞍馬天狗」では、天狗は、牛若丸に剣術の奥義を伝え、源氏再興を助ける陰の力となっている。

　こうした例を見ると、天狗のまか不思議な神通力は、実は、何か崇高な目的―仏教の悟りにせよ、明治維新という革命の理念にせよ、あるいはまた、源氏再興という悲願にせよ―のために用いられているように思える。

　しかも、天狗は、いつもどこか権力や権威の中枢から自分自身は身を遠ざけ、それでいて、崇高な目的を果たそうとする人々に近づいてそれらの人々に力を貸している。

そのやり方は、いつもどこか「かくれた」存在で、しかもどこか泥くさく、庶民性があり、快傑ゾロや紅はこべのような「貴族性」はない。大仏次郎の「鞍馬天狗」も、角兵衛獅子の子供の父親代わりになって長屋をうろついている存在だ。

してみると、天狗にはどこか庶民の心が宿っており、それでいて、意外な神通力がある、しかもその神通力が、何かしら高貴な目的に奉仕しているということになりそうである。

どこかに現代の天狗はいないだろうか。

（２００５・５・２）

盗作と小野小町

科学論文のねつ造や文学作品上での盗作といったことが昨今世界中で話題となることが稀ではない。一種の知的な「国際感染症」が蔓延しているようだ。

一説によるとアメリカの学術論文の一割程度には何らかの「剽窃《ひょうせつ》」が行われているという。ノーベル賞候補とさえ云われた韓国の科学者の人クローン技術を使った胚性幹細胞の論文に捏造があることが明らかになったし、日本でも考古学上の遺跡研究で収集物件にまがいものをわざとすべりこませていた事件があったことは記憶に新しい。

友人とそんな話をした後、たまたま能「草子洗小町《そうしあらいこまち》」を鑑賞した。

宮中での、いわば一種の歌の競い合いである歌合わせで、小野小町の競争相手となった大伴黒主が、小町の家にしのびこんで、小町の詠ずる歌を盗み聞き、それを万葉集に書き込んだ。小町が宮中で歌を披露するや、「それは万葉集からの盗作だ」と云って、自分が書き込みをほどこした万葉集を見せ、小町をおとしいれるという物語（前場）である。

ところが小町は、機転をきかせて、黒主の持ってきた万葉集を水で洗ってくれと云う。そうすると、古歌は水で洗えないが、黒主の書き込んだ部分は墨が新しいため水に流れて消えてしまい、小町の盗作の疑いが晴れるのだが（後場）、考えてみると、数千首に上る万葉集のすべての歌を誰も覚えているわけではあるまいと、たかをくくって万葉集に書き込みした黒主こそ、実は万葉を剽窃したともいえる。

真偽が万葉集を「洗う」ことで判明したのは現代への教訓を含んでいる。

現代において芸術家や科学者の一部に盗作や剽窃を行う人々が増えているようにみえるのは何故なのか。大きな原因は、芸術的価値や科学的成果が金銭的報酬と結びつきやすくなり、また金銭的報酬は、目立つ業績や名声に連動しやすいからであろう。

小町は最後に、黒主の過ちは歌道熱心のためにこそであるとなぐさめて、黒主のため宮廷の許しを請うが、現代も、科学者や芸術家が美や真理の道に生きる心を清める「洗い」のプロセスがどこかになければならないのかもしれない。

（2006・4・10）

神秘の箱

浦島太郎が助けた亀に連れられて竜宮城へ行き、楽しい日々を過ごした後に持ち帰った玉手箱。あけてはならぬという戒めを破って箱をあけると煙が出てきて浦島の姿は突然白髪に変わっていた—。この有名な説話で玉手箱は、時空をこえた竜宮城の世界とあくせくした俗世間とを転換する魔法の道具になっている。

玉手箱の「玉」は「魂」を意味するという説もあるように、箱は神秘なものを入れる神聖な道具だったとも云える。現に古い時代に、箱は神聖なものを入れるものだったようだ。

ギリシャ神話のパンドラの箱の話も有名だ。神によって人間を罰する役を与えられて地上に現れたパンドラは、絶対あけてはならぬとされていた箱をあけて、世の中に災難の種をまきちらしてしまう。ここでも箱は、神秘なものを入れた器になっている。

パンドラの箱から災いの種が飛び散ったあと、底に残っていた唯一の物は「希望」だったというのは救いだが、考えようによっては、希望は箱の中にしまっておくべきものではなく、いつもどこでも皆と分かち合ってゆくものだという寓意がこめられているのかもしれない。

ヴェルディのオペラ「運命の力」でも、自分の死んだ後には焼き捨ててくれと親友からいわれていた小箱を好奇心にかられてあけてしまうと、今まで親友と思っていた男が実は憎むべき敵であったことが分かって、箱をあけた人の運命が変わってしまうことになっている。ここでも小箱は人の運命をあやつる不思議な力を内に包みこんだ神秘の器になっている。

箱といえば、得意芸を意味するオハコとか、深窓に育ったお嬢さんを示す箱入り娘などといった言葉があるが、よく考えてみると、こうした表現の裏には箱をあけたときの意外性や箱の持つ神秘性がひそんでいるのではなかろうか。

箱入り娘はいつまでもその純な心を大切にしてやり、世間の冷たい風にあててはならぬということもあろうし、オハコの得意芸は普段はじっと心の箱の中にしまいこんでおき、いざという時、意外や意外と思わせるように披露するのが筋なのかもしれない。

箱の神秘性を大切にしてやらないとオハコも厭味のゴミバコになりかねないということだろう。

（2006・5・1）

現代の透明人間たち

最近、「透明性」という言葉が流行っている。

市場の透明性、行政の透明性、経営の透明性―何でも透明にしないと、どこか後ろ暗いところがあると思われるからなのだろう。株主にしろ選挙民にしろ、個人個人の権利や参加意欲が高まるにつれて、経営や行政の中身についての透明性を求めるのは当然だ。

しかし、物事を透明にするとは、目に見えるようにするためで、透明人間のように目に見えないようにすることではあるまい。そうなると、透明にするということは、明るい光をあてて、今まで見えなかったものを見えるようにすることだろう。

ところが、光はその色やあて方によって、物事の形や影を全く違ったものに見せる。

清里にあるガラス工芸の美術館に行ってみると、展示室の正面に、アール・ヌーボーの流麗な曲線であしらった、アレクサンドル・シャルパンティエの彫刻をジョルジュ・デュプレがガラス工芸化した、見事な裸婦像が飾ってある。数秒毎にこの裸婦像にあたる光の方向が変わる。ある時は、背面から、ある時は正面から照らされる。そうすると、裸婦像は、ある瞬間は浮き上がって見え、ある瞬間は肉体の影のように見える。

光のあて方によって物事の形が違って見える典型的な例だ。このように、透明性といっても、光のあて方、すなわち、物事を見る視角や切り口が大切なことが分かる。ところが、あちこちで透明性が云々されるわりには、光のあて方についての議論が深まらないままに、暴露趣味的なものだけが横行しているように見えるのは何故なのか。

思うに、あてるべき光の方向がいささか定まらなくなってきているせいではなかろうか。光をあてる方向感覚が失われたまま、ただ全面で照明を明るくしても物事の真の姿は浮き上がってこないだろう。

人々はさっきまで影だったものが見えるようになればそれでよいと思っているのだろうか。しかしうかうかすると、透明性を求める人自身、自分が実は空虚で透明でうすっぺらであることを思い知ることになるのではないか。

（２００６・11・13）

美人コンテスト論争

今年メキシコで開かれたミスユニバース世界大会は日本代表の森理世さんが栄冠を得たこともあって注目をあびた。しかし、近年、美人コンテストについては、女性を体の線や型で判断し、ランクをきめ、それを「美人」の基準とすることは、女性を性の道具として扱うものでけしからぬという意見もある。

かつて、国際的美人コンテストが日本で開催された時も、これに公的団体が後援名義をあたえることの是非をめぐって議論があったと聞く。

美人コンテストをめぐる紛糾の種は、女性の尊厳に係る問題ばかりではない。今年のメキシコ大会でも、闘牛の牛の背中に矢がささって血が流れている情景をデザインした服を着て登場したミス・エクアドルは、動物愛護協会から非難をうけたというし、メキシコでは一種のタブーとなっているカトリック教徒の反乱の歴史をモチーフにした夜会服を着るつもりであったミス・メキシコは、政治的理由から服をとりかえたともいわれている。

それほどいろいろ悶着《もんちゃく》の種をまくらいなら美人コンテストなどやめてしまえと言う人もあろうが、他方メキシコ大会に頭を丸坊主にして出場したミス・タンザニアのインタビューでの発言にも耳を傾ける必要があろう。

「髪の型にしろ服装にしろ、他人に『私』が形作られてしまうのは絶対にいやです。飾り気のない、純粋なアフリカ人としての自分をできるだけ、そのままを出したい」と。

どのように自分の美を他人の前で表現するか―それはコンテストの登場者ひとりひとりにまかせてはどうか。裸に近い人もいれば、見事な和服姿もあってよかろう。

「自分が最も美しく見えると思う姿でどうぞ」―。

それでも女性と美とを結びつけること自体尊厳に係ると言う方々には一言いいたい。女性が自らを自由に表現できないような制約のある社会が世界には残念ながら、いまだ存在しており、こうした社会の人たちにとっては、女性解放のシンボルとして美人コンテストもまだ意味があるのではないか、と。

（2007・6・11）

八月一五日の憶い出

毎年八月一五日の終戦記念日になるごとに憶《おも》い出すことがあり、今年もその憶い出をかみしめてその日を過ごした。憶い出とは、まさに一九四五年八月一五日、日本の敗戦が天皇陛下の玉音放送によって全国民に告げられた瞬間の憶い出だ。

三月の東京大空襲のあと、神奈川県箱根宮下の小学校に転校していた小学一年生。空襲と火災で真っ赤にそまった東京の空をあとにして箱根に来てみると、そこは別世界だった。

時にはブーンというにぶい飛行機の爆音がどこか遠くに聞こえる時もあるにはあったが、東京から疎開してきた子供たちにとって、今は戦時なのだと思わせることはほとんどなかった。

わずかに箱根の山に生える野生の山草採りにかり出され、何が食べられ、また何が蚊取線香代わりに使えるかと教えられたのが思い出される程度だ。

週末に東京から重いリュックを背負って登山電車に乗ってやってくる父を、真っ暗な山道を下りて駅まで母と迎えに行くことも、幼い子供の心には戦時の緊張とは無関係のように思えた。それだけに、玉音放送を聞いた母が、目頭をおさえてすすり泣く姿は子供心に大きな衝撃であった。初めて見る母親の泣きぬれた姿。母はあの時、何のために、何を泣いていたのか―大人になってからふとそう思うようになった。

戦争に負けたことが口惜《くや》しかったからだけではあるまい。一生懸命に戦争遂行のために努力していた工場主の祖父のことを思ったのだろうか。

昭和天皇の高く、ゆっくりした独特の声調と混ざった母のすすり泣きは、悲しみというより、何かにすがろうとする祈りのように響いた。

今考えれば、八月一五日は終わりの日ではなく始まりの日だったのだ。

（2011・8・22）

流派と派閥

「同じ考えや思いをもつものが、自然と集まるのはとめられない」

そう言ったのは、自民党内の派閥解消の動きに異議を唱えた或る長老政治家だった。

現在、自民党も民主党も表向き派閥政治を否定してはいるが、現実には、派閥に近い何々グループとか、何々チルドレンといった集団が、結構幅をきかせているように見える。

政界ばかりではない。お相撲の「部屋」、剣道や居合などの武道における流派、お茶、お花から音楽、舞踊の流儀まで、いろいろな領域で、今もって流派が、並び立っている。流派を越えての合同公演や競演もないことはないが、流派を解消する動きとはならない。

世界に目を向けると、政治にせよ芸能にせよ、特定の個人の力量のせいで、その周りに人々が集まるのはどこでも見られるが、日本のように、一々流派を組み、それが、社会的に長期にわたって認められているのは、近代化した社会では珍しい。

個性が、個人個人の個性というより、或る集団の個性なり特徴として社会的に認められるということが、流派の存在意義のように思える。そして、特定の芸やスタイル、あるいは性向なり思想を集団的に共有し、普及しかつ伝承して行く方法として、流派は有効な手段に違いない。

先日、能楽の大鼓《おおつづみ》（いわゆる大かわ）の五流、観世、大倉、高安、石井、葛野《かどの》流の競演を鑑賞する機会があったが、良く聞いていると（演目の違いのせいもあろうが）観世はポンポン、大倉はタンタン、高安はカンカン、石井はトントン、葛野はパンパンと響いているように思えた。

流派ごとのわずかな（？）違いを聞き分けることは、難しいといえば難しいことだろうけれども、そこにまた、スリルがあるともいえる。政界の派閥の「聞きわけ」は如何。

（２０１１・10・31）

ドル札の人民服

人民服というと、襟のつまった長袖の制服めいた服を思い出す。かつてソ連や中国共産党の、いわばシンボルのように見られていた服装だ。毛沢東の写真を見ると、人民服姿のものが多かった。

人民服は、そのいささかいかめしいスタイルもさることながら、色もほぼカーキ色か濃い紺、または灰色などが多く、地味で、抑えた色調だった。そのせいか、人民服は、節約や質素さを代表し、派手な色やスタイルの「資本主義」文化の対極をなすものとみられてきた。

同時に、人民服が定着するにつれて、それは、共産党員の党員たる資格証書かレッテルのように受けとられ、やがて共産主義国における権威や権力のシンボルのように見られてきた。今日でも北朝鮮の党大会の写真などを見ると、そうした感じが強く出ているような気がする。

ところが、最近、ある中国の現代美術作品が広く世界で話題をよんでいるが、それはまさに人民服の模型なのだ。その作品の面白いところは、人民服が、全て米ドル紙幣でおおわれている点だ。

製作者の言によると、今や中国共産党（人民服によって表されているもの）の実体は、金権、すなわち、金の力に他ならないということをこの作品で表現したかったというのだ。

共産主義も今や金権主義になったということを象徴的に表そうとした作品らしい。

しかし、ここにはもう一つのかくれた意味があるような気がする。それは、中国の現代社会が、一方で人民服に象徴されるようなきつい制約や制限の存在する社会であると同時に、金さえあれば、自由に自己を表現し、かなり勝手気ままに生きていける社会であるということだ。

こうした中国の現代社会の制約と自由の二面性が、実はドル札の人民服に表れているのではないか。

（２０１２・７・２）

老年とは

敬老の日、お年寄り、高齢者、老齢年金、老人学、老年病—。

老いにまつわる言葉は数多い。しかし、老年とは一体いつからなのか、またその定義の根拠は何なのか。人口統計などでは、六五歳以上を老年人口と呼んでいるようだが、多くの組織の定年は六〇前後だから、労働力という観点からみれば、六五が老年とも言えまい。

しかも、織田信長までさかのぼらなくとも、一昔前までは、「人生五十年」などとよく言ったことを考えると、時代によって老年の定義が変わるのは当然だろう。それに、社会的に老年人口といわれる層の人々のなかには、個人の意識としては若々しい人も沢山見かける。

そもそも、老年をあたかも衰えの年頃ととらえること自体問題ではないか。

フランスの文学者スタンダールは、老いというのは、人生に対する「幻想の喪失」を意味すると言っており、いわば、本当の現実が見えてくる年齢だということもできよう。ここには「老い」を肉体面ではなく、精神面から見る視点が宿っている。

認知症なども、「普通」の人からみれば、事実誤認や認識不足が目立つかもしれないが、実は、悟りという要素もあるかもしれないとすると、見方は若干変わってこよう。

考えてみると、翁や長老の権威を大切にしてきた伝統のかげに、何がひそんでいたのであろうか。

俗世間への執着と若さの礼賛がはやる現代では、とかく老年を「衰え」という観点からのみ見る人々が増えているように見えるが、社会の高齢化が進行している今、高齢や老年を、六〇とか六五とかいう数字に還元すること自体、考え直さねばならないかもしれない。

老人学ならぬ新人間学が必要なのではないか。

（2013・10・7）

「大卒」の価値

五九％――。これは、最近、国際機関（経済協力開発機構＝ＯＥＣＤ）が発表した、日本の大学卒業生についての数字だ。働きざかりの二五歳から三四歳までの日本人のうち、五九％が大卒（もしくは、それに相当する四年間の高等教育機関卒業者）だという。

日本は、先進諸国のうち、先頭グループに入っており、アメリカは、同じ年齢層の大卒の比率は四三％にしかならず、ドイツにいたってはわずか二八％だという。

これだけ見ると、日本はよろしい、ということになりそうだが、実は、別の統計も見る必要がある。それは、大卒とそうでない人とを比較して、生涯の賃金ないし収入の合計にどれだけ差がでるのかを計算して、その差を「大卒の価値」――すなわち大学を卒業したことによって得られる「利益」と考えた数字だ。言ってみれば、この数字は、大学教育への個人の投資額から得た純収入（ないしリターン）とも考えられる。

この「大卒の価値」は、アメリカでは、三十六万五千ドル（一ドル＝百円とすれば三千六百五十万円）にのぼるという。ところが、日本では、わずか十四万三千ドル相当にすぎない。この数字をどう考えるか。

日本は、大学がやたらに多く、大卒も多いから、大卒の価値も低いのだ、という解釈もあり得よう。しかし、ドイツのように、大卒の率が二八％の国でも、「大卒の価値」は十三万三千ドルでしかないことを見ると、大卒の人数の大小だけの問題ではなさそうだ。

日本の大学教育は、社会に出てから必要な能力や技能を十分教えておらず、社会の要求に十分応えていない、という意見に傾きそうだ。そうとすれば「大学などどくそくらえ」と言う人がもっと出てきてもよさそうなものだが…。

（２０１３・７・22）

魅力的すぎる？女性の処遇

アメリカ中西部、アイオワ州のある街で、奇妙な事件が発生した。歯医者さんとその奥さんと歯医者の助手をめぐる騒動だ。

その助手が、とびきりの美人で、そのため歯医者はそれに気を取られて歯の治療という「仕事」に専念できない。奥さんからも、浮気の種になるのではと文句をつけられる。これではたまらぬと、助手を解雇した。しかし、アメリカのことだから、女性差別などと言われてはたまらないと思ったのか、「あなたは、あまりにも魅力的すぎるので…」ということを解雇の理由にした。解雇された女性は、逆に、女に対する差別行為だといって裁判に訴えたというのだ（裁判所は、結局、魅力的すぎることを解雇の理由にしても、女性差別にはあたらないという判断をしめしたらしい）。

この事件にはいろいろなことを考えさせられる。

そもそも、美人を美しいが故に特別扱いすることは、差別につながるのか。あるいは、地下鉄に女性専用車などを設けることも、女性を男のセクハラめいた行為から保護するためとすると、男は、元来女の魅力に我を忘れがちであるという前提があることになる。しからば男の魅力に女性は引かれないのか、男は皆狼よ、ときめつけるのは、逆差別にならないか。

女性の魅力を女性があからさまに外に表し、男性がそれに溺れないよう、公の場所では女性はスカーフを被り、ベールをつけるべしという規律は、女性差別なのか、あるいは、魅力に溺れがちな男性を保護する手段なのか。

このように自問していると、女性の性的魅力を社会的に「管理」するという発想の是非の問題にまで発展しそうだ。

（２０１３・９・９）

裁く者と裁かれる者

オスカー・ピストリウス。両足に義足をつけた走者として、障害者五輪大会（パラリンピック）に出場して幾つものメダルを取った人だ。

南アフリカ出身のピストリウスが世界中で有名になったのは、障害者でありながら、健常者の一流選手なみの記録を出したことが発端だった。現にピストリウスは、通常のオリンピック大会への出場権を得たほどだった。

しかしその過程で、義足の走者は、健常者の走者に比べると、義足のせいでかえって有利になるのではないかという議論が生じて問題となった。なぜならば、一定の距離（一説によると四百メートルほど）を超えると、人間の脚の筋肉は疲れが出て機能が落ちるが、優れた義足はそれがないから、その分義足の走者は有利になり、義足の走者と健常者の走者が一緒に競走するのは公平ではないという見方もあったからだ。

こうしてピストリウスは、その類い稀な能力によって、障害者と健常者の壁を崩したのみならず、スポーツにおける技術革新とフェアプレーとの関係に一石を投じることになった。

そのピストリウスが、女性の友人を浴室で射殺したという容疑で、南アフリカの法廷で裁かれている。

ピストリウスは、外から泥棒が侵入してきたと思い、誤って浴室のドア越しに発砲したと主張しているらしい。白人で、しかも身体の不自由な者にしてみれば、黒人に襲われるかもしれないという恐怖があったのだろうとみる人もいるようだ。

ピストリウスを裁く方は、南アフリカでは今でも稀な黒人女性の裁判官だそうだ。人種差別政策の下で、牢獄に入れられ、汚物処理までさせられた苦労人だという。

裁く者も裁かれる者も、ともにかつての人種差別政策の犠牲者なのかもしれない。

（2014・8・25）

拝火教とビジネス

倹約、勤勉、禁欲といった新教（プロテスタント）の精神が、一八世紀から一九世紀にかけてのヨーロッパの経済発展の原動力になったとする見方は、社会学者マックス・ウェーバーが唱えた説として有名だ。二〇世紀になると、日本や韓国、台湾などの経済発展と儒教精神との関連が議論されたりした。

昨今は、社会主義中国の台頭もあって、宗教と経済発展との関連は、あまり意識されないようだが、インド大陸に目を向けると興味ある事実が浮かびあがる。

　インドの巨大企業「タタ」グループや、家電製品大手「ゴドレジ」、低運賃航空会社「ゴエア」など、インドの新興産業には、ゾロアスター教徒によって創設された企業が目立つ。パキスタンでもホテル経営で名を知られるアワリ・グループが、ゾロアスター教徒と縁が深い。

　ゾロアスター教は、火を神聖なものとあがめるので、拝火教とも言われるが、中国では、祆教とも名付けられ、また英語では、パーシズムといわれることが多い。

　ゾロアスター教は、ドイツの哲学者ニーチェの「ツァラトゥストラはかく語りき」に啓示をあたえたともいわれ、また、一般には、鳥葬の習慣で名高い。自動車のマツダも、元はといえば拝火教の神アフラ・マズダに因んで名付けられたようだ。

　イランあたりを源流とするこの宗教が、イスラムの圧力もあって、インド大陸に流れたため、今では、ムンバイやカラチあたりに多くの宗徒がおり、その数は十万人弱とも言われ、インドやパキスタンの経済発展における拝火教徒の影響は、これからも無視できないだろう。

　禁煙にはやかましいが、禁酒の習慣はないという拝火教の人々とのお付き合いは、一杯やりながらというところか…。


（2014・9・29）

白人と黒人

人種問題というと、黄禍論やアメリカの黒人問題など、差別と偏見の問題である場合が多かった。ところが、全米黒人地位向上協会の幹部の一人、レイチェル・ドレザル（正確な発音はドールザルらしい）が、実は白人であるにもかかわらず、黒人になりすましていたことが分かって、問題となっている。

自分の社会的、政治的活動を盛り上げるために、自ら黒人になりすましたことは、運動自体の「誠意」を疑わしめるものだという非難は当然といえば当然に聞こえる。

しかし、ドレザル氏は、両親が養子として育てた四人の黒人の家族と一緒に生活した体験もあって、自分を黒人とみなしてきたという。成人してからも、黒人男性と結婚し、髪形も黒人風のなりをし、自分を心理的には「黒人」と考えていることは疑いないようだ。

ここには、自らの「人種」を肉体的ではなく、心理的にどうとらえるかという、微妙な問題がかくされている。かつて南アフリカが人種差別政策をとっていたころ、首都の空港のトイレで、白人、有色人種（カラード）と分かれて表記してある所のどちらに入るべきか、一瞬とまどったことが思い出される。

さらに機微な問題もある。アメリカのスタイロンという白人作家が、黒人を主人公として、歴史上有名な黒人反乱の小説を書いたとき、白人がどこまで黒人の本当の心理を描き得るのかと、問題にした人もいたと聞く。

自らを他の人種と同一化して、その立場で、文学作品を書くことは自由であるが、「偽装」してまで社会的、政治的活動を行うのは、おかしいと言いきれるであろうか。

そう考え出すと、人種という概念も、個人の意志や生物学的定義によるというより、社会によって決められるものなのかもしれない。

（２０１５・７・６）

「盗用」騒ぎに思うこと

東京五輪のエンブレムをめぐる「盗用」騒ぎは、いろいろ考えさせられる面を持つ。自分のロゴが盗用されたと主張するベルギー人は、商標登録していないようだし、日本の五輪組織委員会も国際オリンピック委員会の承認を得たとは言うが、それがどういう法的意味を持つのか明らかではない。

法律上の問題は別としても、ロゴのように分かりやすく、比較的単純なデザインが好まれるものには、良く似たものが出てくる可能性は高い。特に、ネットの発達した今日、文章の「はりつけ」で論文の盗用まで起こる時代だからだ。

ここで思い出すべきは文学上の盗用あるいは剽窃《ひょうせつ》だ。そもそも剽窃が問題となるのは、誰かが独自の知的所有権を主張し、創造的作者であることを明白にしたいからだ。それは普通、商業的動機によるか、芸術的自負心によるものだろう。

ところが現代のようなネット社会では、盗用、剽窃と騒ぐ事自体が社会的、経済的効果を生む場合が少なくない。

フランスの新進気鋭の作家ダリュセックは、盗作の非難をうけて、ヒチコックの映画にもなった「レベッカ」の盗作裁判等の文学上の剽窃について、大著を出版したが、そこでダリュセックは「剽窃は、そもそもの最初から、メディアの領域でしか存続できないのだ」とまで言い切っている。

最近韓国で、ベストセラー作家が三島由紀夫の作品から盗用したと非難されたケースがあったが、ここでもネットとメディアによって騒ぎが拡大された。

アメリカの詩人エマーソンは、「ただ一人の人物が世界中に存在するすべての本の著者である」と言って、文学は皆先人から受け継いだもので成り立っているとの趣旨を述べているが、五輪のロゴのデザインも一人ではなく皆の制作物と思えば五輪らしくてよいかもしれぬ。

（２０１５・８・24）

国旗をめぐる「事件」

日の丸を見ると第二次大戦前の軍国主義を思い出すとして未だに国旗に拒否反応を示す人もいるが、国旗は、国のシンボルなだけに、とかく政治問題を引き起こす。

遠く江戸時代、一八〇八年、長崎で、オランダ国旗をめぐって悲惨な事件があった。イギリスの船が、当時ナポレオン戦争のせいで欧州情勢が混乱していたことも影響したようだが、鎖国中の日本に入国できるよう、オランダ国旗を掲げて入港した。ところが水兵が事件を引き起こしてイギリスの船であることが分かり、時の長崎奉行松平康英が割腹する始末となった。

それからちょうど百五十年後、同じ長崎で長崎国旗事件といわれる事件が発生した。

中国（北京側）の切手、切り絵を展示した百貨店に掲げてあった、中華人民共和国の「国旗」を、右翼の活動家が引きおろしたのだ。ところが、当時日本は、北京政府を承認しておらず、中華人民共和国の旗は正式には国旗でないことから、この事件処理をめぐって北京、台湾（中華民国）双方が入り乱れて大きな外交問題に発展した。

つい最近、ニュージーランドでイギリスやオーストラリアの旗にやや似た国旗を、植物のシダの葉をあしらったニュージーランドらしいものにしようという首相の提案をめぐって、国民投票が行われた。

結果は現状維持におちついたようだが、有名なラグビーチームのオールブラックスは、シダの葉をデザインしたユニフォームを着ており、シダに愛着を持つ人々もいると聞く。それに、先住民の処遇とからんで微妙な政治問題にもなっていた。

ともあれ、国旗に対する国民の愛着を深め、同時に政治的な統合のシンボルとしての国旗の役割を考えることは大切であり、国民投票の意味はあったのではなかろうか。

（2016・4・11）

ロボットとの息合わせ

囲碁の名人にコンピューターが勝ったというニュースが世界中をかけめぐったかと思うと、人間に似たロボットが、俳優なみに演劇に出演するのを見物できる世の中となった。

いわゆるロボット演劇を見るとたしかに驚く。ロボットの演ずる新入社員に先輩が「貴方《あなた》が花子さんですね」と呼びかけると、ロボットが「どうぞ花子と呼びすてにしてください」などと応答するシーンを見ることもできる。

しかし、人間同士ではないから、その時々の状況に応じて巧《うま》く間を取ることは至難の業だろう。それというのも、人間同士の会話や合唱などにおける間の取り方には、どこまで本人に意識されているかどうかは別として、実は「呼吸」が重要な役割を演じているからだ。例えば、能楽のように指揮者がいないで合奏、合唱する際、演者は近くの同僚の息遣いをたよりに間を合わせるという。

だからこそ、ロボットをいくら精巧にしても、ロボットと人間が能舞台で合奏するのは困難であろう。なぜなら、ロボットは息をしないからだ。

現に、ロボットのフルート「奏者」と人間の奏者を一緒にして室内楽を演奏する試みを指揮した音楽家によると、ロボットは息をしないので間を合わせることが難しく巧くいかなかったと聞く。ロボットは、音を「出す」ことはできても、吸い込む機能をもたないので、人間と「間を合わせる」ことは難しいのだろう。

そもそも人間においての呼吸は、胸壁と横隔膜の働きによって膨らんだ肺に吸い込まれた空気が、反動によって自然に吐き出されるというプロセスだから、吸うことが本質的な運動で、吐き出すのはその反動にすぎず、いわば付随的な運動ともいえる。

吸うことをしないロボットと息を合わせることは、はじめからできない相談かも知れない。

（２０１６・４・18）

お墓と観光

ナポレオンのお墓のある廃兵院、オペラ「椿姫」のモデル、マリー・デュプレシスの墓の所在するモンマルトル墓地、あるいは、いつも花の絶えないショパンの墓で著名なペールラシェーズなど、パリの観光名所にはいくつもの墓地が登場する。人々がよく訪れるパンテオンも歴史的人物を祭った廟《びょう》である。

フランスばかりではない。アルゼンチンのブエノスアイレス郊外の墓地は、エヴァ・ペロンをはじめ、豪華なお墓が並び、観光地の一つとなっている。北京の毛沢東記念堂やモスクワのレーニン廟などもお墓に違いない。キャロル・リード監督の名画として今も人々の口にのぼる「第三の男」のフィナーレを飾るウィーン郊外の墓地も観光名所の一つだ。

このように、世界のあちこちで、お墓や墓地は、観光名所として「利用」されてきた。

最近アメリカでは、墓地の活用が一種の流行となり、墓地で恐怖映画を上映して雰囲気を楽しむ試みもあると聞く。さらには、墓地の一角をぶどう畑に転換し、そこで収穫したぶどうからワインを造って売り出す者も出てきている。

これは、従来多かった土葬が、火葬に転換してきたせいもあるようだ。一時、パリのモンマルトルの小さなぶどう畑からできたワインをパリ産ワインとして売っている店があったが、そのぶどう畑は墓地のお隣ともいえる場所にあった。

日本でも、忠臣蔵ゆかりの泉岳寺（東京）の墓地などは観光名所化しているようだが、古墳をはじめ多くの墓地は神聖視されており、名所になっているものは少ない。

その一方、見晴らしの良い墓地の売り出しや、ネット上での「墓地」の開設、はてはペットのための特別墓地まで造られている今日、墓地によっては例えば、花の名所といった形で観光地化できる所もあるのではなかろうか。


（２０１６・６・20）

高齢者は資産か負債か

女性差別、身体障がい者差別、精神障がい者差別、性同一性障がい者差別、外国人差別―そうした差別を解消しようとする動きは世界的な広がりを見せているが、では高齢者差別ないし忌避はどうであろうか。

そもそも、現代は若さ礼讃の時代だ。加えて、社会に閉塞感があるだけに、改革の担い手に若者を、というスローガンが通りやすい。そして、高齢者はとかく福祉や介護の対象、すなわち社会にとって一種の「負債」と見なす傾向が見られる。だが、高齢者は本当に社会にとって専ら負債なのであろうか。

確かに、高齢者はある意味では面倒をかける弱者だろう。年を取れば取るだけ、年齢からくる衰えと戦わねばならない。しかし、まさにそこに、若者とはまた違うエネルギーがわく。

ヘミングウェイの傑作「老人と海」も、老いた漁師が必死に巨大な魚と戦う物語だ。そこには、老いにともなう孤独と、体力の衰えと戦う戦闘心がみなぎっている。

イギリスの詩人コールリッジの幻想的な詩「老水夫行」も、ある意味では、自分を助けてくれたアホウドリを殺した過去の自分との戦いの物語だ。また、姥捨山伝説などでも、老人の知恵が人々を救う意味が込められていることも稀ではない。

「年を重ねると皮膚よりも心に皺がよる」という、フランスの作家モンテーニュの警告を受けとめて、高齢者が意固地にならず、いつまでも柔軟でいれば、老いは社会の負債ではなく資産となりえよう。

若《も》し、若さを礼讃する真の社会的意味が、（未来に貢献する）意欲と（今を守る）勇気を刺激することにあるのならば、少子化と安全指向に陥っている日本では、高齢者の知恵と勇気を改めて評価することも、社会的意味があるのではなかろうか。

（２０１６・12・26）

有名人と「一般人」

先般、ＮＨＫのニュース番組で、プロ野球・ソフトバンクの王貞治球団会長が、長年連れ添ってきた「一般人」の女性と正式に結婚したという報道があった。

この「一般人」という表現には、考えさせられた。王氏が有名人であることはまぎれもないが、その連れ合いを「一般人」と呼ぶ背景には、暗黙のうちに、有名選手、芸能人などは、おなじように世間的に著名な人と結婚するのが普通であるという固定観念があり、そうでない「無名の人」を一般人と呼んだのではないかという気がする。

しかし、日本では、身分の上で法律的に一般国民と違った扱いを受けるのは、皇族に限られているはずである。皇族以外は、皆「一般人」である。にもかかわらず、ＮＨＫが、わざわざ「一般人」などという表現を使っているのは、社会を、「有名人」と「一般人」に分けて考えるからにほかならない。

ここには、表現の問題を超えた現代社会の姿が暗示されている。

今は多くの国で、有名人の「再生産システム」ができている。有名人は「名前」が売り物だから、有名人の子孫がなりやすい。また、そうでなくとも、タレントや特別の才能を持つ若者をスターにする「育成システム」や環境が整備されている。その結果、社会は、「有名人」階級と「一般人」階級に分かれ、これが経済格差を生む一因となっている。

かつてカール・マルクスは、社会を私有財産により資本家（有産階級）と労働者（無産階級）に分け、階級闘争をもって社会変動の力と見なしたが、いまや現代社会では、「有名人」と「一般人」という世間からの認知度で分ける「階級」があるようにも見える。

だからこそ、「一般人」は時として、「有名人」の行動や言動をあげつらって、現代版「階級闘争」を行っているのかもしれない。

（2018・6・11）

「トイレを綺麗に」国際運動

家の外で用を足す人が、人口の半分近くにも上るといわれるインドでは、モディ首相直々の指令の下、「トイレ建設キャンペーン」が進行中だ。それだけに、新婚の妻が、夫の家にトイレがないことに怒って里へ帰ってしまい、夫があわててトイレを設置して、妻の愛がもどったという映画がはやったという。かと思うと、トイレがない家には住めないと離婚訴訟が起こされ、裁判所も離婚を認めた、といったエピソードが話題となったこともあるようだ。

しかし、トイレを設置しても、不衛生ではかえって困る。ただ、トイレを綺麗《きれい》にするとなると、いろいろお国柄が反映するだろう。

仮に各国の公衆衛生担当の高官が集まって「トイレを綺麗に」の運動を始めようと相談し、洒落た標語を作るための国際会議を開いたとすると、お国柄で随分意見が違うのではなかろうか。

アメリカの長官は「綺麗に使えば貴方が得する」（掃除のための費用が少なくなるから、税金の節約や建物の管理費の節約になる）といったスローガンを提唱するに違いない。

フランス国民は、トイレも恋とからめかねない習性を持つので、フランスからの参加者は、「トイレも愛の場所」と呼んだらどうかと、冗談めいた意見を出すかもしれぬ。

日本代表は、なにせわが国では「何々をさせていただきます」といった、相手を取り込んだ言葉遣いがはやる昨今だから、「トイレを綺麗に使っていただいてありがとう」という標語を提案するだろう。

一方、中国は、共産党の政治スローガンが盛んな国柄に合わせ、「向前一小歩、文明一大歩」（用を足すとき、体をもっと前に出せばトイレは汚れずに公衆衛生は向上する）と言うかもしれぬ。さて、インド代表は何と言うだろうか。

（２０１８・７・23）

災害の「記憶」

「テンペスト（嵐）」は、嵐に耐え、苦難を越えて小島に生き抜いて、最後は栄光をつかむ貴族の物語だ。このシェークスピアの作品は、二〇一二年のロンドン・パラリンピックの開会式の演出に一役買ったといわれる。障害者のスポーツ大会たるパラリンピックの精神の重要な側面は、障害者が障害という嵐とその苦難を乗り越えたことを示すところにあるからだろう。

災害からの復興と苦難の克服も、障害のリハビリと克服に類似したところがある。その過程は、個人の意志と努力もさることながら、社会全体の支援と励ましを必要としている。そして、社会全体があらかじめ、広く、深く災害対策を講じていなければならない。しかし、そのためには、過去の災害の「記憶」が、社会に浸透している必要がある。過去の教訓こそ、天災が人災と結び付かないようにするための鍵であろう。

ところが、苦難は早く忘れたいと思うのが人情だ。文豪サマセット・モームも、世界は、不幸な出来事を語り継ぐことにすぐ飽きてしまうものだ、と苦言を呈している。

災害を語り継ぐことは、自然と人間との関係を常に考え続けることにつながり、それは、結局人間の在り方、自分自身の再発見につながる。シェークスピアが、別のところで、逆境は、使い方により、宝石のようになるとの趣旨を述べているのも、そうした点を言いたかったのではあるまいか。
しかし、語り継ぐには、語る「相手」がいる。数年前、米ニューオーリンズの大洪水の影響を議論する会議は、阪神淡路大震災を体験した人々も参加して行われた。
この会議は、一部の人々によって「記憶セミナー」と言われた。いつの日か、千曲川の水害記憶セミナーが、開かれるとしたら、話し相手は誰だろうか。

（2019・10・21）

マスク談義

彼（タルー）はその戸棚の一つを開き、消毒器から吸湿性ガーゼのマスクを二つ引っ張り出し、その一つをランベールに渡して、それを被るように勧めた。ランベールが、こんなものが何かの役に立つのかと尋ねると、タルーは、そうではないが、しかしこれを被っていると向こうが安心するのだと、答えた。

これは、アルベール・カミュの小説「ペスト」（宮崎嶺雄訳）の一節である。この小説は、新型コロナウイルスの感染が広がる中で、世界各所で引用されているが、右の部分はほとんど注目されていないようだ。

しかし、マスクの使用をめぐって、世界保健機関（ＷＨＯ）が意見を変えたり、欧米諸国とアジアの国との間で、日常生活でのマスク着用について、心理的違いが依然見られる現在、右の引用文の最後のくだり「向こうが安心するのだ」というタルーの言葉は、意味深長である。

そもそもマスクは、通常、花粉や病原菌から「自分を守る」ためのものであり、いってみれば他人からの「隔離」を意味している。

そうした「隔離」は、元来、香港の民主化デモなどでは、デモ参加者が、自分の姓名身分が取り締まり当局に知られないようにする方便であった。しかし、皆がマスクをつけることによって、マスクは、連帯のシンボルにもなっていった。

新型コロナウイルスの感染が広がる状況下で、マスクの着用は、たしかに一次的には、着用者自身の自己防御の意味もあろうが、今や、むしろ、感染の拡大をすこしでも止めようとする社会的なシンボルであり、各人が、自分がささやかながら、できることをやろう、やっている、という証しなのではあるまいか。

（２０２０・４・13）

下水道のロマン

都市の下水道の水を検査すると、その都市におけるウイルスの感染傾向が分かる―そういう報道があった。しかし、日本の都市は、ローマ時代以来の下水道の歴史を誇るヨーロッパの都市と比べると、いまだに下水道の整備は十分でないところも少なくない。

これには、かつて長くし尿を農業肥料として用いてきたことや、パリのセーヌ川などと違って、川の流れが比較的速く、排水を行いやすかったことなど、歴史上あるいは地勢上の理由もあるようだ。

パリのごとく、網の目のように下水道が、長く、広く敷設されているところでは、下水道博物館まであり、一部とはいえ下水道を「観光」することすらできる。

「パリは地下にもう一つのパリを持っている」というビクトル・ユゴーの言葉があるが、広く長い地下道は、人々の想像力をかき立ててきた。現に、彼の小説「レ・ミゼラブル」では、暴動にまきこまれて負傷した青年マリウスを背負って、ジャン・バルジャンが、下水道を使って逃亡する場面があり、この小説のハイライトの一つとなっている。

パリだけではない。オーストリアの首都ウィーンの下水道は、映画「第三の男」に登場した。名優オーソン・ウェルズの演ずる闇屋が下水道を通って追っ手から逃れようとする場面は迫力があった。

ニューヨークでは、百年以上前、下水道の清掃人が、地下に住むワニにかまれたという話が発端になって、下水道はワニの住む秘境だ、という伝説が生まれた。一九六〇―七〇年代には小説にも登場し、二〇〇一年には、地下鉄の駅に、マンホールから顔を出しているワニの彫刻が飾られたと聞く。

日本では下水道のロマンはあまり聞かないが、どこかの地下に秘境があるのだろうか。

（２０２０・６・29）

黒い色、白い色論議

米国の白人警官による黒人圧殺事件に端を発した、人種差別への抗議運動は、いろいろな社会現象を引き起こした。かつての南軍の旗をモチーフにした旗を州旗とすることをやめたり、人種差別を容認した大統領の名を冠した大学の施設の名前を変えるといったことも起きている。

米国ばかりではない。英国では、自国の五輪チームに占める黒人などの比率が低く、特に、自転車、ボートなど、種目によっては、有色人種が全くいないのは是正すべきという声もあがっている。

一層興味深いのは、インドで起こっていることだ。インドでは英国植民地主義の影響もあって、肌の色が比較的白い者が尊重されており、欧米の医薬・化粧品メーカーは肌を白くする製品を宣伝、販売してきた。

「ボンベイのハリウッド」をもじって「ボリウッド」と呼ばれるインド映画界も、こうした風潮に乗って、肌がやや白い俳優を多用してきた。ところが今や、そうした伝統に対する反省の声があがり、それと前後して、大手メーカーのなかにも、肌を白くする化粧品などの宣伝を控えるところが出てきているといわれる。

そもそも、白色を尊ぶのは、奴隷制度や植民地主義だけの問題ではなく、白が清純、清潔を想起させる色でもあったからだろう。黒はとかく黒幕、暗黒街など、人生の影と結び付けられることが多い。

しかし、貿易収支や決算では黒字は良いことであり、他方、白も白旗となると降伏を意味し、また英語ではホワイト・エレファント（白い象）は無用の長物の意味となる。それに日本語の素人の「素」は元来は白の意味であり、また、玄人の「玄」は本来黒を意味しており、黒が白に勝っている。

米大統領官邸ホワイトハウスは、素人集団の館だという笑い話もできるのでは…。

（２０２０・７・13）

あべこべ論議

日本の風俗を広く世界に紹介したはしりともいわれる書物で、英国の学者チェンバレンが明治時代に書いた「日本事物誌」は、二百余りの項目にわたって、日本の事物を紹介している。その終わり近くに、奇妙な項目がある。「あべこべ」という項目である。そこには、日本の書物はヨーロッパの本の巻末から始まる、馬に乗るのもヨーロッパは左側だが、日本は右からだ、といった「あべこべ」が列挙されている。

チェンバレンの訪日に十年ほど遅れて日本に来た米国の天文学者ローエルは、同じように日本ではすべてが「逆さま」だとして、ぬれた雨傘（昔の番傘）を立て掛ける時、日本では柄の方を下にするし、マッチを擦るのに、内側ではなく、外側へ向けるなどと記述している（ローエルの著書「極東の魂」）。

そして幕末に日本に滞在した英国の外交官オールコックは「日本では習慣があべこべだから、店から顧客のところへゆくのであって、顧客が店にでかけてゆくのではない」と言って出前の習慣を論評している。

しかし、今や、宅配、ネット通販などは当たり前となり、その上、コンビニから一人暮らしの高齢者宅に食事を届ける際に、見守りサービスを兼ねるなど、商品の販売と顧客との関係は、ある意味ではオールコックの言うあべこべが、実は大きな意味をもつ時代に突入しているともいえる。

お隣の韓国でも「ヤクルト・アジュマ（おばさん）」が、飲み物を売る際に、団地の子供のスクールバスへの送り迎えを代行するなど、地域住民へのいろいろなサービスを行うことが定着しているという。

コロナの影響というと、とかくテレビ会議やデジタル化が話題となるが、西洋とはあべこべだといわれた日本の風習のなかに、現代社会で大いに意味のあるものが存在することを再認識してもよいのではないか。

（２０２０・11・30）

「止まった」暦マーク

新年のカレンダーないし暦を準備する時季となった。一昔前までは、カレンダーも結構、日めくりのものが多かった。いまでも、壁に掛けたカレンダーに丸い磁石などのマークをつけ、それを日々動かして目印にする人もいる。そうした暦では、わざとページをめくらず、あるいは目印を動かさないで、いわば「時を停止させる」ことができる。

新型コロナウイルス騒ぎや大地震などで、大きな悲劇を体験した人のなかには、その日を「記憶されるべき日」として「時を停止させた」人もいるのではなかろうか。こうした日めくりや類似のカレンダーで「時を停止させた」例として、鮮明に記憶に残っているものがある。

一つはベトナムのホーチミン（旧サイゴン）の建物で、かつては東京銀行など日本の会社が数社入居していた建物の一室だ。一九九〇年代初めになっても、この建物の一角は昔のまま残されていた。

その壁には日めくりカレンダーがあったが、その日付は一九七五年四月三〇日となっていた。まさに、北ベトナム軍がサイゴンを陥落させた日だった。そしてその部屋は、慌ただしく人々が退去した様子をしのばせるがごとく、ほこりっぽく、やや寂れていた。

もう一つ記憶にあるのは「中華民国大使館」だ。一九七二年秋、日本と大陸中国との国交正常化が達成され、中華民国（台湾）との外交関係は断絶し、台湾の大使館は二カ月以内に麻布の建物から退去することとなった。

大使館の館員が全て退去した後、一二月初め、現場に出向いた。建物はガランとし、庭には大きなごみ箱が廃品ともども放置されていた。大使公邸の台所には料理が散乱し、二階の居室も散らかったままだった。

寝室の壁に掛かったカレンダーには赤いマークがついており、一一月二八日で終わっていた。

それら全ては、深い恨みと怒りと絶望の表現のように思えた。

（2020・12・28）

シェヘラザードのロマンと反骨

シェヘラザード――言うまでもなく千夜一夜物語の語り手であり、ペルシャの大臣の娘である。この名前は、チュニジアなど海外のホテルや、長崎県佐世保市のリゾート施設「ハウステンボス」のホテルのバーラウンジ、さらにはスペイン・リオハ産の白ワインなど、いろいろな施設や物の名に使われてきた。

それは、シェヘラザードがおとぎ話の源であるが故に、ロマンと幻想をかき立ててきたからだろう。だからこそリムスキー・コルサコフは美しい旋律で有名な交響組曲「シェヘラザード」を作曲したのであり、フランスの作曲家ラベルの曲もある。絵画ではギュスターブ・モローの絵にシェヘラザードが登場する。

しかし、今、この名前をつけた豪華なヨットが話題を呼んでいる。

ヘリポートが二つもあり、劇場に早変わりできるプールにジムなどぜいたくな設備を備え、その価格は数百億円にも上るという。しかも、このヨットは表向き太平洋マーシャル群島の不動産会社に登録されているが、真の所有者はロシアの大金持ちか、ひょっとするとプーチン大統領ではないかとのうわさもある。

ヨットの船長は所有者の名前を明かしてはいけないという契約に署名させられており、船員の七割前後はロシア人だという。このヨットが急に国際的話題に上ったのは、対ロシア経済制裁でロシアの金持ちの在外資産凍結問題が起こったからだ。

思えば元来、シェヘラザードは、妻の不貞を知って以来女性を憎み、残忍な処刑を繰り返してきた王様を翻意させようと名乗り出た女性だった。そこには権力の横暴に対する抗議があり、しかも、それを暴力ではなく、面白い物語というソフトパワーで行ったのだ。

専制君主的なプーチン氏がウクライナの西側諸国との「不貞」をなじって暴挙に出たのなら、それをなだめる現代のシェヘラザードはいないものだろうか。

（2022・3・28）

小倉 和夫（おぐら・かずお）
日本財団パラスポーツサポートセンターパラリンピック研究会代表、国際交流基金顧問、日本農業会議所理事、青山学院大学特別招聘教授。1938年東京生まれ。東京大学法学部卒業、英国ケンブリッジ大学経済学部卒業。外務省文化交流部長、経済局長、外務審議官、駐ベトナム大使、駐韓国大使、駐フランス大使、国際交流基金理事長を歴任。東京2020オリンピック・パラリンピック招致委員会評議会事務総長、日本財団パラスポーツサポートセンター理事長を経て、現職。
著書に『パリの周恩来―中国革命家の西欧体験』（1992年、中央公論新社、吉田茂賞受賞）、『日米経済摩擦―表の事情ウラの事情』（改訂版1991年、朝日文庫）、『「西」の日本・「東」の日本―国際交渉のスタイルと日本の対応』（1995年、研究社出版）、『吉田茂の自問』（2003年）、『日本の「世界化」と世界の「中国化」』（2018年、以上藤原書店）、『日本人の朝鮮観』（2016年、日本経済新聞出版社）、『フランス大使の眼でみたパリ万華鏡』（2024年、藤原書店）など。

装　丁　　近藤 弓子
編　集　　伊藤　隆

心の書棚　信濃毎日新聞コラム「今日の視角」から　上

2024年5月15日　初版発行
著　者　　小倉 和夫

制　作　　信濃毎日新聞社 メディア局 出版部
〒380-8546　長野市南県町657
TEL026-236-3377　FAX026-236-3096
https://shinmai-books.com/
印　刷　　信毎書籍印刷株式会社
製　本　　株式会社渋谷文泉閣

ISBN978-4-7840-8851-5　C0095